Shingo Sujaku
朱雀伸吾
illustration
深山フギン
「ネコミもお花大好きだから、
こんなに沢山お花が
あると嬉しいネコ」
JN031087
はたらけ！
おじさんの森
3

そう、それは明らかに、
二足歩行のライオンに間違いなかった。

俺はぶどう島の
石ノ森翔という者だ!

木の上から秋良が飛び降りて
郵便おじさんに襲い掛かる。
『かかったな!!!
こっちだぜ!!!』

明日夢がマイクに
口を近づけ、歌いだす。
♪Let's enjoy
a flower…

『え？　英語バンド？
英語バンドなの？』
『演奏も、皆、滅茶苦茶
うまいでござる……』

おじさんの森　住民図鑑

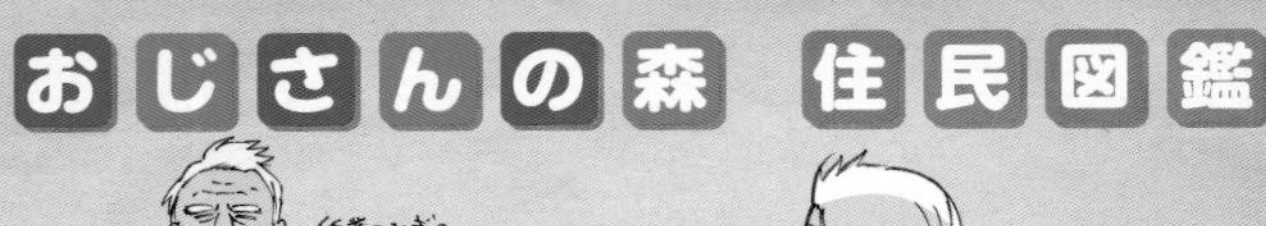

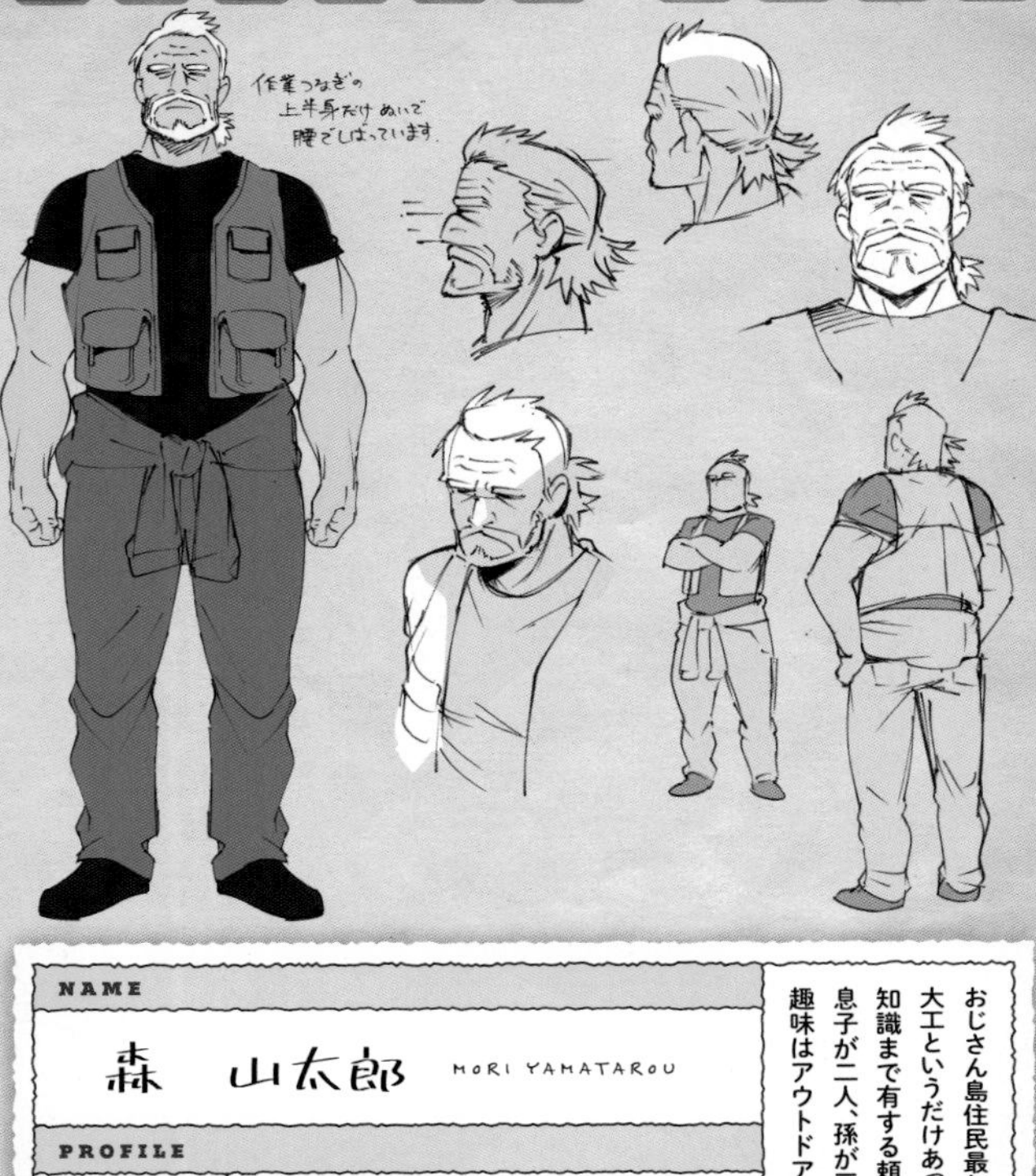

NAME

森　山太郎　MORI YAMATAROU

PROFILE

生年月日	1958年8月21日(62歳)
身長	192㎝
体重	85kg
仕事	大工(工務店経営)
好きな酒の肴	エイヒレ、枝豆、たこわさ、キムチ奴
座右の銘	山高きが故に貴からず

おじさん島住民最年長。白髪で筋肉質、ダンディ。大工というだけあって、家づくりからサバイバルの知識まで有する頼りになるイケオジ。息子が二人、孫が三人いる。剣道五段。趣味はアウトドア全般、囲碁、将棋。

はたらけ！　おじさんの森　3

朱雀伸吾

ヒーロー文庫

はたらけ！おじさんの森 3

Hatarake! OJISAN no MORI

CONTENTS

illustration / 深山フギン

イラスト／深山フギン
装丁・本文デザイン／5GAS DESIGN STUDIO
校正／佐久間恵（東京出版サービスセンター）
DTP／天満咲江（主婦の友社）

この物語は、フィクションです。
実在の人物・団体等とは関係ありません。
また、作中の登場人物の年齢は初版出版時
（2021年6月末日）のものです。

プロローグ　パンダの入島と新たな島

進達おじさん、そしてあにまるの子供達との交流に続き、トドメは天然の温泉の気持ちよさによって、とうとうおじさん島の住民となったパンダ。

温泉の隣に椅子やテーブルを置いて簡易で拵えた即席歓迎パーティー会場で、ビールにお菓子、歌に踊りとどんちゃん騒ぎである。

「いやー、まさかパンダの小僧が温泉がこんなに好きだとはなー」

秋良が笑いながらそうおちょくると、パンダはすぐに言い返す。

「ふん。うっかりに決まっているパンダ。オンセンに入ってしまったら、あったかくて気持ちよくて、こんな最高なものに浸かって、住民にならない奴なんていないパンダ。ススムは本当に卑劣だな。オンセンなどという秘密兵器を隠し持っていたなんて」

そう言いながら悔しそうに気持ちよさそうに温泉に入るパンダを見て、進が面白そうにやんわりツッコミを入れる。

「なんだか、説得力がないのか、あるのか、よく分からない文句ですね」

「よし、これでパンダもおじさん島の住民になったブタ。今までの居候とは違うから、ちゃんと仕事をやらないといけないブタ!」

湯舟を泳ぎながら豚族のブタサブロウが話しかけるが、パンダはわざとそれを無視する。

「だけど、パンダは既に学校でネコミ達にあにまる語の書き方を教えてくれているネコ」

「ああその通りパンダ! 猫族の娘が良いことを言ったパンダ」

「お前聞こえてなかったんじゃないのかよブタ」

「僕は、パンダは身体が大きいから、一緒に家を建てたりもしてほしいリス」

「それは絶対に嫌だパンダ。我は世の中で肉体労働が一番嫌いパンダ。というかやったことがないから無理パンダ」

栗鼠族のコリスの提案を真っ向から否定して、パンダは湯舟の中に沈んでしまう。

「あ、こいつ、潜りやがった。よし! みんなで捕まえるブタ!」

子供達は大喜びで次々に湯舟の中に潜って、パンダを探し始める。

そんな光景を眺めながら、おじさん島のおじさん達は嬉しそうに目を細める。

「いやはや、まさか本当にパンダが仲間になるとはのう」

「そうでござるな! 最初はかなり我々に反発しておりましたが、進殿の献身的な行動に、最後は拙者のビブラートの効いた美声と、この温泉の温かさで仲間になったでござるな。この温泉の効能はパンダ殿を蕩かす、ということでござるうううう♪!!」

「コウノウってなんですかスズメ？」

「効能というのはですな。温泉の泉質。肩こりに効いたり、お肌がすべすべになったりという、良い効果のことでござる！」

「へえ。じゃあ私もオンセンに毎日入っていたら、嘴や羽がスベスベになるスズメ？」

「そうですぞ！　チュンリー殿」

「ネコミの毛並みもサラサラに！」

「俺のお尻もピカピカに！」

「僕のしっぽもフサフサに！！？？」

パンダを住民にした温泉の効能に、子供達もメロメロであった。

進は岩盤に背中を預け、気持ちよく晴れ渡る大空を見上げて嬉しそうに息を吐く。

「ああー。ずっとこんなに幸せな日々が続くといいですねー」

だが、まさにその時、おじさん島に新たなよその島のおじさんが上陸をしていたのだった。

一人の名は石ノ森翔。年齢は45歳。胴着を着ていて黒帯を締めている、鍛えられたおじさんである。もう一人、いや、一頭は背の高い、身長2メートルを超えるライオンであった。彼は獅子族のライオネスといい、下半身だけ翔と同じく白い胴着を穿き、上着は腰に巻いている。

　彼らの目的はおじさん島との同盟である。

　おじさん島はこの『はたらけ！　おじさんの森』というプロジェクトの中で、一位の島である。

　そして、ライオネス達のぶどう島はというと、二位。

　彼らにはある目的があった。そのためにも一位の島と話をして、利害が一致するのであれば同盟までこぎつけたいところであった。おじさん島と交流のあるフラワー島の島リーダー森山明日夢に聞くと、おじさん島には様々な能力を持ったおじさん達が揃っていて、そんな面子を島リーダーの森進が見事に采配していると聞いて、猶更興味を持った次第である。

「ああ、早く会いたいな!!　なあライオネス！」

「そうだな。吾輩達よりも成績の良い島とは、どんな猛者達がいるのか、気になるレオン」

　ぶどう島の二人（一人と一頭）は、おじさん島のおじさん達と会えることを心の底から楽しみにしていた。だが、おじさんはおろか、あにまるの子供達も皆、タイミング悪く、拠点から結構離れた場所にいるのだった。

「どうしたんじゃ進君。浮かない顔をしおって」

「……いえ、実は結構前から、この島にお客さんが来られているみたいなんですけど」

「え？　誰だよ⁉　もしかして……わかもの？」

あにまるの子供達に絶対に聞こえないような小声で尋ねる秋良に、進は首を横に振る。

「いえ、違います」

「違いますって、分かるの？」

「ええ。どうやらアップデートの際に島リーダーレーダーも改良されたみたいで、【おじ】【あに】と表示されています」

島リーダーは権限で、自分の島に誰かが侵入してきた際に脳内に直接知らせがくるようになっている。今までは侵入者が頭の中のマップに点で表示されるだけだったのが、アップデートされているのだ。

それにはどこからか現れたおじきちも説明を補足してくれる。

「そうおじ、そしてよその島と同盟を結んだ場合、同盟の誰が来たかの名前も分かるようになるんだおじ」

「わあ、そうなんですね。ありがとうございます」

「いや、礼なんて言う必要ねえぞ進さん。こいつはそのことも言い忘れていたわけだからな」

「で、どうするんじゃ？」

「そうですねー」

もう進もビールを飲んでいるし、温泉に溶けるくらい浸かって落ち着いてしまっている。

当然、普段ならすぐに客人の元へと駆けつけるのだが、酒も入っているし、初めての温泉。更にはパンダが島の住民となった、記念すべき時である。

「…………行きたく、ないですねー」

進の口から、本音が漏(も)れる。

どれだけ普段真面目な者でも、何もやりたくなく、動きたくない。その場に留(とど)めてしまう力がある。それもまた、温泉の効能なのである。

「よし！　今日はストライキとしますかね」

「ストライキって何リス？」

「うーん。今度社会の授業でもやりますけど、労働者に与えられた権利でして……」

「ふむふむ」

進の話を真剣に聞くコリス。そんな二人（一人と一匹）を呆れたように眺めながら、秋良が口を開く。

「ストライキするって言った矢先に、もうしっかり授業やってんじゃねえかよ」

いくら待っても人っ子一人、あにまるっ子一匹やってこない状況に、獅子族のライオネスは焦燥を覚えていた。

「全然来ないぞ‼　島リーダーは気が付いているはずなのにレオン！」

「そうだろう？　いや、その通りなんだがなあ！　凄く遠くにいるのかなあ」

胴着の男、翔が周りを見渡すが、やはり人の気配がない。

「にしたって、凄く待たされるじゃないかレオン‼　吾輩達が来てからゆうに1時間は経っているぞ。それなのに誰もやってくる気配がない」

「そうだよな。ワープゲートだってただじゃないし。勿体ないよな」

「そうだレオン。スタンプは貴重だっていうのに、このまま会えなかったら最悪レオン」

「あれか？　ひょっとして、他の島に島リーダーが行っているから、俺達の来訪に気が付いていないのかもしれないぞ」

「！？？　そうか！　それはあるかもしれないレオン。もしくは、島リーダーだけでなく、同盟した島に全員で遊びに行っているとか？」

「そうだな！　きっとそれだ‼　でないと、こんなに待っていて、島リーダーが気が付いていないのはおかしいもんな」

島リーダーは気が付いているし、他の住民も全員揃っているのだが、ただ温泉が良すぎて動きたくなくて来るのが嫌でストライキしているとは夢にも思わず、心配してくれる、心優しいライオネスと翔。

「それなら、これ以上待っても、今日は会えない気がするレオン」

「そうだな」

ライオネスに同意して、翔も椅子から立ち上がる。

「書置きも残したことだし、帰るとするか」

そうして、二人（一人と一頭）は島に、帰っていった。

温泉を堪能して、帰ってきた進達は、教室を覗いてみて驚いた。

黒板に、大きく文字が残されていたからである。

そこにはあにまる語で「今日は残念。また来る」とだけ書かれていた。

30　学級会をしよう!!

「さて、それでは今日は学級会を行います。今日の議題はですね、めでたく島の住民となられたパンダさんの今後の役割などを皆で話し合いたいと思います」

教室で元気よくそう宣言した進は、一番前の席で盛大に肉球を弾き合わせて拍手をしているネコミに早速声をかける。

「ではネコミさん」

「にゃにゃ？　どうしたネコ？」

突然名前を呼ばれて飛び跳ねるネコミ。

「ここからはネコミさんに司会進行をしてもらっていいですか？」

「へ？　ネコミが？」

自分自身を肉球でぷにっと指さして、ネコミは目を丸くして慌てる。

「でもでも、こういうのは島リーダーのススムが進めていくものじゃないのネコ？」

「あはは。そういうものでもないんですよ。私は確かにリーダーですが、この島はネコミさん達、あにまるさん達の島でもあるのです。だから、あにまるさんにもしっかりパンダさんのやるべきこと、やってほしいことについて話し合ってほしいんです。勿論、任せきりにはしませんのでご安心を。是非やってみてください」

そう言われたネコミは、真剣な眼差しで進の顔を見つめると、大きく頷く。

「分かったネコ。それじゃあ、今からネコミがこのシマを仕切るネコ」

「おや、なんだか突然ネコっぽく島民っぽいことを言い出しましたぞ」

木林が感心するが、ネコミは構わずに話を続ける。

「じゃあ、黒板はチュンリーにお願いしたいネコ」

「分かったチュン。あまり上手じゃないかもだけど、頑張りますスズメ」

ネコミから指名されたチュンリーも大きく羽を広げる。あにまる語の授業でパンダから字を教わっているので、それを発揮する良い機会でもある。

「じゃあじゃあ、ようやく仲間になったパンダのおじさん島での役割を話し合いたいと思うネコ！　おじさん島のルールは、ゴウにいってはゴウに従う。一体パンダはどんなゴウに従ってくれるネコ⁉」

その議題に対して、すぐさま手を上げて意見する者がいた。パンダ本人である。

「あれ？　パンダが手をあげたネコ。パンダ自身で何か良いアイデアが生まれたネコ？」

「違う。そうではない。というか今更我の役割など、必要ない。我はもうやっているではないか」

「にゃにゃ？　どういうことネコ？」

「我は既にお主達（ぬしたち）にあにまる語を教えておる。そう、教師という仕事があるのだ。そこの雀族（すずめぞく）が今板書出来ているのもすべからく完全に十全に我のお陰であるということをゆめゆめ忘れるんじゃないぞパンダ。だから、我はこれ以上何もしなくても良いわけだパンダ。従うゴウなどどこにもないのだパンダ」

そう、堂々と胸を張って勝ち誇るように宣言するパンダ。だが、言われてみれば確かにそれはそうであった。パンダは少し前から子供達にあにまる語を教える先生をやってくれていた。

「はにゃー。パンダのいうことはとてもとてもいうとおりだネコ。ネコミも今のは完全になっとくしました。あれ？　それならもう随分前からパンダはこのおじさん島の住民だったってことネコ？　あれだけ自分は絶対におじさん島の住民にはならないならないって言い張っていたのに？」

純粋無垢（むく）で何の皮肉もこもっていないネコミからの鋭い指摘をカウンターで喰（く）らい、パンダはあからさまに動揺してしまう。

「パ！！？？　な、何を言うか。そういう意味ではなく、それはそこのススム、いや、ニンゲンが口うるさく言うからだな、居候（いそうろう）として、仕方なく。そう、居候として、仕方なく、お前たちあにまるにじ、字を教えてやったにすぎんわ!!　たわけがあああ!!」

しどろもどろに言い募りながらも自身の正当性を訴えるパンダだが、その隙を突いて更に鋭くブタサブロウが責め立てる。

「ちょっと待つブタ。パンダの授業は三日に一回ブタ！　それ以外の時は何もせずにぐうたらしていただけブタ。ここに流されてきて体調を崩していたという事情もあったから何も言わなかったけど、この島の住民になるんだったら話は別ブタ。それなら、授業の回数を増やすか、他に別の作業をしないとよくないブタ！」

「なにをこしゃくな豚族が。我はそんなに沢山働きたくないパンダ」

「働きたくない、じゃないんだブタ。それがおじさん島の住民としての義務だブタ。働きたくないという権利を主張したいんなら、働くという義務を果たせブタ！」

「自分が何を言っているのか分かっているのかパンダ？　働かないために働くなど……訳が分からないパンダ。ていうか、そういうお主はそんなに働いているのか？　このあにまるワールドの王であるパンダ様に向かって偉そうに言っているが」

そう言い返すパンダにブタサブロウは、三本の指を折っては伸ばして、数えながら答える。

「えーと、俺は、基本的に毎日釣りをして魚を捕るだろう。で、空いている時間があったらコリスやヤマタロウ達の作業、家づくりや橋づくりを手伝うブタ。後はアキラと一緒に穴を掘ったところにゴミを捨てたり、島に危険な箇所がないかのパトロールをして、発見したらススムに知らせて、後はネコミが忙しい時は水汲みにも行くし…………」

「いや、凄く働いているパンダ。ちょっと働きすぎじゃないかパンダ？　ニンゲン達よ。ちょっと子供を働かせすぎじゃないかパンダ？」

　パンダからじと、と睨まれて進は笑って誤魔化すしか出来なかった。これでもかなりあにまるの子供達の労働は減っているし、学びのために時間を使っているのだが、島のために働きたいという子供達の熱意と意欲もかなり高く、それはありがたい上にそれすら学びに繋がると思っているので、程よい配分で勉強と手伝いを両立させるのが、最近の進の一番頭を悩ませていることであった。

「うちの子供でも、孫でも、こんなに家のお手伝いなんかしてくれんかったからのう……」

「あにまるのお子様達は、本当に優秀でござるな」

　自身の行動を背景に、自信満々にパンダに詰め寄るブタサブロウ。

「よし、じゃあパンダ。俺と一緒に釣りをすればいいブタ」

「いやだパンダ。海の前でジーッと突っ立ってなんていられないパンダ」

「じゃあ家づくりはどうブタ？」

「我は王だぞ。力仕事は勘弁パンダ」

「ゴミ捨ては？」

「そんなこと下民がすることパンダ」

「お前ワガママすぎるブタ！　ちょっとは妥協とかしないのかブタ」

ブタサブロウが怒るのも当然だが、このままでは話が進まない。そこで進行のネコミが他の者に話を振ってみる。

「コリスやチュンリーは、何かパンダにさせたいことはないネコ？　アイデアが欲しいネコ」

「そうスズメね。そんなに嫌なら、ブタサブロウも言ったみたいに、私は授業をもっと増やしてもらったら嬉しいでスズメ」

「僕もそれは嬉しいリス。あにまるの文字を習うのはとても楽しいリス」

「お主達……」

熱心な生徒の要望に、あからさまにジーンとしてしまったパンダは、簡単に陥落する。

「そ、そんなに言うなら、少し増やしてやってもいいパンダ」

「本当ネコ？　それならネコミも嬉しいネコ」

「三日に一回を、六日に二回にしてやるパンダ」

「え！！？？　凄いネコ！！　めちゃんこ増えているネコ!!」

「騙されちゃ駄目ネコミ。まったく増えてないでスズメ。どっちも倍になっているだけ。ちゃんとアキラの算数の授業で教わったでしょうスズメ？」

とても珍しいチュンリーのツッコミが入るが、算数が苦手なネコミはそれでもよく意味が分からず、きょとんとした表情である。

「じゃあ、五日に二回パンダ！」

「二日に一回スズメ！」

「それはやりすぎパンダ。じゃあ大奮発。雨の日に絶対授業やるパンダ！」

「この島はほとんど雨が降らないでスズメ!!」

「お主達がポテチを献上したらやってやってもいいパンダ！」

「島民になったんだからそういう見返りはよくないでスズメ」

「ぐぐぐぐぐggg」

流石（さすが）は年長、口が達者なパンダと対峙（たいじ）してもなお、チュンリーがやや押している。不利な状況のパンダにネコミが素朴に尋ねる。

「なんでそんなにまで、何もしたくないネコ？」

「我はあにまるの王であって、そんな面倒くさいことはしたくないに決まっているパンダ。王様はだらだら過ごしていいと、決められているパンダ」

「でもネコミはパンダの授業が凄く好きネコ!!」

「ぐ…………」

「パンダはネコミ達に沢山教えてくれるネコ。ネコミ達は凄く嬉しい気持ちになるネコ。

それがおうさまってことじゃないのかネコ？」

やはり、裏表なく直球ストレートに感情をぶつけてくるネコミの攻撃は、パンダに効果覿面である。

「うぐぐ……確かに、民を幸せにするのが王たるパンダの務めパンダ……」

「じゃあ、いっぱいいっぱいいっぱいやってほしいネコ」

「…………仕方ないパンダ。一日一回やってやる。そして、五回やったら二日休むパンダ」

要は週休二日制で、学校が開いている時には絶対にする、と言っているのだ。

それらのやり取りを眺めていたおじさん達もほう、と息を吐いた。

「パンダ小僧の野郎……なんて分かりやすい、ちょろいヤツなんだ」

「というか、ネコミ殿が策士なのですぞ」

「そうじゃのう。パンダみたいな偏屈者には理屈で言い合うより、ああいう、素直で嘘偽りない言葉を投げるのが、一番堪えるからのう」

「いや、多分猫娘は策も何も、超ドストレートに思っていることを言っているだけだと思うぞ」

「だからですよ。あと、パンダさんには更に歴史の授業もやってほしいんですけどね。これは私よりもネコミさんからまた頼んでもらった方がいいかもしれませんね」

かくして、パンダは島民としておじさんやあにまるの子供達にあにまるワールドの様々な学問、文化を教える役目となったのであった。

「あ、そうだ。島民になったんだから島ソングはしっかり歌えるようにならないとダメリス。今から歌詞を言うから、とりあえずそれをパンダ自身で板書してほしいリス。まずは『朝起きてグッモーニン！　からスタートのエンジョイなエブリデイ』リス」

「ええ？　今から覚える恥ずかしい歌詞を皆の前で、自分で黒板に書くって……これどういう類（たぐい）の拷問だパンダ⁉　絶対嫌だあああああ‼」

実のところ、子供達の中で一番強引で、有無を言わさぬ圧力を持ったコリスにたじたじしながら、パンダは自（みずか）らがこれから覚えて歌わなければならないという歌詞を板書していくのだった。

31　同盟するかどうか決めよう！

「ひきつづき、学級会、というかおじさん島会議を行うネコー！！」

パンダの仕事に関して一件落着した勢いをそのままに、司会のネコミが腕を振り上げて高らかに宣言する。その後ろでは板書係のチュンリーがパタパタと宙を飛んで場を盛り上げてくれている。

「今日の最大の議題は、アスム達のいるフラワー島との同盟に関してだネコ!!」

『はたらけ！　おじさんの森』プロジェクト内で先日実施されたアップデートにより、よその島との同盟が可能になったのだ。

「まずはじめに言っておきますが、ネコミは賛成ネコ。アスムの島に自由に行ったり来たりしたり、アスムやイヌスケ達が自由に行ったり来たりしてくるなんて、夢みたいネコ！　最高ネコひゃっほい♪」

「おいおい、進行役が一番初めに意見を述べちゃ駄目じゃないかブタ。みんなの意見を聞かないと」

ブタサブロウが真面目にツッコミを入れると、教室が笑いに包まれ、ネコミもにゃにや、と恥ずかしそうに舌を出す。

　それを後ろの席に座って見ているのはおじさん達である。

「良いのかよ進さん。こんな大事なことも猫娘や他のガキ共に任せて」

「大事なことだからですよ」

　おじさん島のことは皆で決める。特に、子供達の意見は尊重しなくてはならない。勿論、完全に任せきりにするのも責任放棄となるので、しっかりと見守って彼らが本当に目指すべき道に導いてあげるのもまたおじさんの使命である。

「ぐふふ。あにまるの子供達が自分で考え、どんな答えを出すのか、楽しみですぞ。拙者は陰ながら子供達を見守るでござる」

「木林さん。そのぐふふっていうスタンス、完全に変質者だからな。現実世界だったらおまわりさんに捕まるからね」

「さいしゅうてきにたすうけつで決めるネコ。だけど、その前に皆の意見を聞かせてほしいネコ」

　すると、最前列の席に座っているブタサブロウがサッと手を上げる。

「俺は賛成だぜ。フラワー島には行ったことがあるけど、島リーダーのアスムをはじめ、皆凄く良い奴ばかりブタ。イヌスケやヒツジロウ達あにまるも俺達よりも年上で、俺達が知らないこととか、沢山教えてくれて、お互い凄く良い効果が生まれると思うブタ」

「……おおおお。ブタ野郎。滅茶苦茶立派なことを言いやがって……」

皆の前で堂々と自分の意見を述べるブタサブロウに既に涙腺崩壊の秋良である。それを見て山太郎が苦笑する。

「ふふふ。まるで保護者参観じゃな、秋良君」

すると、今度はコリスが小さな手を上げて、静かに意見を言い始める。

「僕は反対じゃないけど、ちょっと怖いのが、他の島のおじさんやあにまる達が沢山行き来するようになったら、色々とトラブルが生まれそうってことリス。ゴミの持ち込みや、木の枝を折ってしまうとか。マナーを守るためにルールを決めた方がいいと思うリス……」

「……おお……！！！　コリス。なんと立派なことを。その通りじゃ！　賛成意見だけでなく、ちゃんと問題点まで考えて、それを意見としてまとめて述べるとは。なんと頭の回転の良い子なんじゃ。あの子とワシは一緒に住んでおるんじゃぞ。皆、あの子はワシの孫も同然で、おじいちゃんおじいちゃんとワシのことを慕って……」

「いやいや、あんたも十分過保護の爺バカだからよ」

呆れた秋良から当然のようにお返しのツッコミが入るのであった。

おじさん島の住民には慣れたコリスだったが、基本的には人見知りで、この中で一番「わかもの」にもトラウマがあるから慎重になるのは当然である。

「パンダはどう思うネコ？」

「我はどちらでもよいぞ。だが、同盟を結ぶとなると、我への忠誠をはっきりとさせておかないとな。他の島の連中がちゃんと我を敬うのなら、迎えてやらんこともない」

「この島でも一番の新参者が何言ってんだか……」

「それって同盟になるブタ？　この間ススムが社会の授業で、同盟や貿易はギブ＆テイクだって言ってたブタ。パンダを崇めることのどこがギブ＆テイクになるブタ？」

「パッパッパ。決まっておろう。見返りは我への忠誠心だパンダ。パンダを愛でて、パンダに従順に仕えることこそがお主達あにまるにとって一番の幸福で、これはどんな財産や名誉とも代えがたい。お主達も良かったのう。これからはパンダがいるだけで、沢山の島から同盟の声がかかってくるパンダ。だからお主達も感謝の意を表して我にもっと沢山ポテチやお菓子を貢いでくるがよいパンダ」

「何を言っているブタ。まったく話にならないブタ」

　全員呆れ顔ではあるが、新しく島の住民となったパンダの意見もやぶさかには出来ず、チュンリーは真面目に板書していく。

　次にチュンリーが意見を求められるが、彼女はそのまま進にあることを尋ねる。

「その、ブタサブロウの話じゃないですけど、ギブ＆テイクとなると、そのあたりはどうなりますでスズメ？　同盟となったら、何かこちらがやらなくてはならないこととかって、あるんでしょうかスズメ」

「そうですね。一応おじきちさんとカンナさんに質問をしたのですが、何かを強制されるということはないようです。勿論、折角の同盟ですから、先ほどブタサブロウさんが言ってくれたように何かお互いのためになるようにはしたいですよね。フラワー島には沢山お花や農園がありまして、種をもらってますが、そのお返しとして私達は救急セットやビールを送っています。また、菜種油の生成方法をあちらに教えて、今では製造を担ってくれています。それによって私達、おじさん島＆フラワー島の新しいブランドが既に出来上がっているのです。これらの計画や流通にとっても、同盟を組んでお互いの島の行き来が楽になるというのは、凄くプラスになることだと思いますよ」

自分達の意見をしっかりと、分かりやすくまとめてくれる進に安心して、ブタサブロウはぶんぶんと首を縦に振る。

「うんうん、まさにそれこそギブ＆テイクってやつブタ」

「ふん。ギブ＆パンダでよかろうが……」

パンダがまだブツブツ言っているが、進は笑顔でスルーして議題を進める。

「後は、コリスさんが仰ったことも凄く大切です。集団行動というのは人数が増えれば増えるほどにトラブルが生じます。まあそこは島リーダー権限として、以前と変わらず強制退去も出来ますので、何かトラブルや問題があったら島リーダーの私が対処させていただくことになるかと思います。当然、同盟に先立ち、お互いの島でのルールを取り決めた方が良いとは思いますけどね」

問題点に関しても進が明言してくれて、皆ホッとした表情を覗かせる。

「確かに、フラワー島は子供達を遠くから監視、あ、いや、温かく見守る方針だったりするからな。それを俺達が介入することでよくない影響なんかがないようにはしたいよな。おじさん同士でも意見交換してお互いが良くなる方向ってのを目指したいよな！」

「おお、教育方針でござるな。なんだか父親になったみたいで、くすぐったいでござる」

「うちは結構のびのび自由にっていうのが方針じゃからのう。同盟島のおじさんには、あまり厳しくしてくれるなと言っておく必要があるのう」

「まあ、それこそススムは一番初めにフラワー島の方針を破りまくったブタけどな‼」

ブタサブロウからそれを言われると進は頭を抱えるしかなくなってしまう。一番初めにワープゲートで行ったフラワー島で、進お決まりのお節介を焼きまくって、結果、フラワー島のあにまるの子供達全員から慕われるという事態を招いてしまったのだ。

「ヒツジロウなんて、同盟になったら絶対ススムの家に住み着くに決まっているブタ」

「あはは。お泊まりについてのお約束も決めないといけませんね」

そこで、現実面の防犯に関して秋良が真剣な表情で意見を述べる。

「そもそもさ、他の人間やあにまるが行き来するのが増えるというのは、例えばわかものがやってきた時にどうするのかってことも考えねえとな。手薄となっている方の島にやってくるって場合もあるから。まあ、最近は以前よりもおじきち達の結界が強くなっているから、万が一の話ではあるんだけどさ」

「はい。でも備えあれば憂い(うれ)なしと言いますからね。考えておくことに越したことはありませんね。これに関しての情報なんですが、実はおじきちさんに確認したのですが、同盟した際に半永久的に開かれるゲートは絶対に同盟島のおじさんとあにまるさんしか通れなくなっているそうなんです。たとえ扉が開いているとしても同盟島民でなければ見えない壁にはじかれてしまうそうなんです」

「それって……」

「つまりは、例えばわかものが通ろうとしても通れないってことリス？」

「その通りです。なので、これは逆に防犯システムとして有効活用することが出来ます。もし、万が一、わかものさん達が大量にこの島に侵入してきて、それが撃退出来る範疇(はんちゅう)でない人数だった場合、フラワー島さんに避難することが出来る、ということなのです」

進のその言葉を聞いた教室の面々がざわつく。それは、その一点だけでも、かなり同盟を結ぶメリットとなるからだ。

「素晴らしいぞ。緊急シェルターとしての役割も果たせるというわけじゃな」

気持ちの面でも実利的な面でも、同盟の利点が目立ってきて、ネコミは確信を持って頷(うなず)く。

「これは、いよいよ同盟決定という結果になりそうネコね！」

「ちょっと待つスズメ」

そこで手を、いや、羽を上げたのは、板書係を務めていたチュンリーであった。

「さっきちょこっと質問はしましたけど、私自身の意見は述べていなかったでスズメ。私は同盟に反対でスズメ」

まさかのところから突然出たその反対意見に、全員が戸惑いを覚える。

「え？　チュンリー？　どうしたネコ？　さっきまで別に反対派って感じじゃなかったのに」

「それは板書をしていたからでスズメ。私自身の意見は大反対。大大大大大反対でスズメ」

堂々と嘴を突き出して反対派を表明した後、チュンリーは何故反対なのかの理由を述べ始める。

「前、ススムとキバヤシでフラワー島に行った時のことで、聞いた話がありますスズメ。向こうの島の管理人のミズホとかいうメスおじさんがキバヤシに言い寄ってきて……更には、きゅ…………求婚？　までしてきたと聞きましたでスズメ」

「いや、実際はミズホさんは緊張のあまり転がっただけなんですけど……。それにメスおじさんというほどの年齢でもな……」

「それも危険でスズメ。キバヤシを前にすると気絶してしまうメスおじさんなんかが同盟島になって入りびたるようになったらキバヤシも困りますスズメ。平和な島生活が脅かされるでスズメ。それに、結婚とか、そういうのもキバヤシにはまだまだ早いと思うでスズメ」

「いや、木林さんもう51歳だからね。とっくに適齢期過ぎてんだけど……もう、木林さんを取られたくなくて、論理ぐちゃぐちゃじゃん」

「……チュンリー殿。それほどまで拙者のことを考えてくれて…………。立派になられて」

「いや、そこの木林さんのリアクションも違うから。俺や山太郎の旦那の時と同列みたいに感動して泣くんじゃねえよ。違うから。あんたの感動はちょっと違うから。ここは同居人の木林さんが宥めるくらいの方が良いと思うよ」

冷静にツッコミを入れるが、鈍い木林はチュンリーがただただ自分の心配をしてくれていると思い、それが超絶なる嫉妬から生み出された怨念に近い意見である、ということに気が付かない。

「ていうか凄く気になったんだけど、メスおじさんって言い方よ！　なんだよそれ！」

「あれ？　そういえば、わかものに女性っているのかのう」

今更だが、ふと気になっていたことを山太郎が尋ねる。女性の隠居、というものも聞かないし、この世界で女性というと管理人のカンナやミズホしか知らない。そもそもカンナもミズホもおじさん達と同じ世界の人間である。

あにまるワールドに、女性はいるのだろうか。

それに対してはパンダがはっきりと答えてくれる。

「わかものには性別なんてものはないパンダ。実際その、カンナやミズホみたいな、オンナ？っぽいわかものもいるパンダが、明確にオスメスという概念はないパンダ」

「え？」

「マジか？　じゃあ、どうやって子孫を増やしていくんだよ」

「決まっているパンダ。わかもの同士で繁殖するだけに決まっているパンダ‼」

「マジかよ……」

ふとした疑問だったのだが、予想だにしていなかったとんでもない答えが飛び出してきておじさん達は途轍（とてつ）もない衝撃を受ける。

「あにまるワールド改め、ＢＬワールドでござるな」

「う、うむ。あ、いやじゃがそもそもそういう概念がない、ということじゃからな。ＢＬがどうこうではないかもしれんぞ」

「まあ、女性がいないのでしたら、そういう風に変化していくものなのかも？　しれませんね。少々興味がありますけど」

おじさん達はおっかなびっくりの表情でその事実を受け入れるしかなかった。

「そんなこと今はどうでもいいでスズメ。今はキバヤシの身を守るために同盟を破棄するか、管理人だけは絶対に来れない。もし来ようとしたら電流が流れる、という約束にするという話を早急にしなければならないでスズメ」

「いやいや、今の話も凄く重要なことだと思うんですけど！」

「アキラ、今は、ちゃい‼　チュンリーの話の方が大事ネコ」

「アキラ、空気読めないリス」

「金髪ニンゲンはこれだからなあ……」

「俺滅茶苦茶叱られているんですけど！！？？　俺が間違ってんの！！？？？」

あにまるの子供達全員からの理不尽な非難にたまらず興奮して、叫び声をあげる秋良であった。

「まあ、わかものさんの性別や繁殖に関しては今度保健体育の授業でやるとしましょうかね。それまでにパンダさんから色々と教えてもらっておきますから」

「進さんまで……」

それから、しばらくチュンリーのミズホに対する憎しみの嘴が止まることはなかったが、多数決の結果、賛成多数でおじさん島はフラワー島と同盟を結ぶこととなった。

32　フラワー島と同盟を締結しよう‼

数日後、おじさん島とフラワー島の同盟が結ばれる調印日がやってきた。

場所はおじさん島の砂浜。皆の住む家がある拠点から少し離れた場所である。

「おおー。すごい。全員がいるネコ」

そこにはおじさん島の住民に管理人は勿論、フラワー島の全おじさん、あにまる、管理人のミズホも参列していた。ネコミ達あにまるには見えないが、おじさん島の隠居のおじきちに、フラワー島の隠居のおじろうもふわふわと宙を浮いている。

「えー、それでは今より同盟締結のセレモニーを開催いたします。同盟締結の際には、よその島の住民でも人数関係なく、島に設けられた同盟門によって、いつでも行き来が可能となるのですです」

おじさん島の管理人のカンナが誇らしげにエッヘンと胸を張って説明する。既に二つの島には様々な条件等を約束済みである。後は締結さえしてしまえば、晴れて同盟島となるのだ。

お互いの島の管理人主導により、島のどの場所に同盟門を設置するかも決まっている。

今現在皆がいる場所にピンク色の鳥居のような扉が立っていた。

「で、どうやって同盟を結ぶんだ？　何かテープとか切るの？　あそこに出来たゲートの前にテープが張られていてさ。それを切るっていうの、よくショッピングモールとかビルが出来たらお偉いさんがやっているイメージ」

「そういえば、そういうものを見たことがあるな。後は鏡餅を割るとか？」

フラワー島の森山力が笑って秋良に同意して盛り上がる。だが、実際には誰もどうやって開通するかは聞かされてはいないようだ。

「テープを切る？　カガミモチを割る？　なんだか面白そうブタ！　イヌスケは何のことか分かるブタ？」

「いや、僕も分からないイヌ。だけど、こんなに沢山あにまるやおじさんが集まって、ワクワクするイヌ」

楽しそうに会話するブタサブロウにイヌスケ。また、他のあにまるの子供達も、知らないおじさんや別の種族のあにまるを見て、不安と期待に胸を膨らませている。

チュンリーは明らかに青髪で眼鏡のスーツ姿の美人、フラワー島の管理人のミズホを睨みつけているが、ミズホはきゃっきゃとフラワー島の農家の良と話しながら笑っている木林の方を惚けたように見つめていて、一向にその視線に気が付いてはいない。

「えとえと、同盟締結の調印式はですね、テープでもカガミモチでもありませんですすで

す。まだこの同盟用のワープゲート。通称親友の門(マヴダチゲート)というんですけど」

「清々(すがすが)しいくらいにダサいネーミングだな。マヴダチゲート……気に入った!!!!」

「で、この同盟門(マヴダチゲート)を開通させて、島リーダー同士で握手をする、というのが一通りの儀式ですです!」

「いや、だからそれをどうすんのよ、おじきちがやるの?」

「いや、僕はおじさん島の神様だから、勝手には出来ないおじ」

「そして俺はフラワー島の神だからなOZ!」

「ああ、おじろうさんはそちらにいらしていたんですね」

姿を現したおじろうに進はペコリと挨拶(あいさつ)をするが、モヒカンでビリビリに破れたシャツと革ジャンを着ているおじろうを初めて見ることになる秋良と山太郎はかなり引いてしまっていた。

「なんというか、あれじゃな。あの隠居を見ると、おじきちがまだまともに見えるな……」

「ですが、結構格好良いと思うでござる」

「まあ、確かに。ロックだぜ」

口々に感想を言い合うおじさん達。フラワー島のおじさん達はおじさん達で「神」のジャージのおじきちを見て、少々ざわついている。

「で、結局どうすんのよ。もうグダグダじゃねえかよ。おじきち、早くマヴダチゲートを開けてくれよ」

「焦らないでいいおじ。ちゃんとそれ専門の係があるんだからおじ。同盟締結おじさんがもうすぐやってくるおじ」

「同盟締結おじさん？」

その不思議な言葉に秋良が首を傾げた、まさに次の瞬間、同盟門の扉がぎいい、とあっけなく開いた。

「うお、扉開いたぜ。マヴダチゲートが。え？　いいの？　もしかして段取りミス？」

「しッ。これからおじ」

すると、そこから、少々髪の毛が寂しい、くたびれた茶色のダブルのスーツを着たおじさんがひょこっと顔を出した。

「……あの、あのね。遅れてしまって申し訳ないのね。あ、ごめんね。ちょっと寝坊しちゃってね。慌てて来たんだけどね、早足でね。まあ、ごめんね」

申し訳なさそうな表情で、汗をふんだんにかきながら、ペコペコと頭を下げ、そのおじさんは皆の前を横切っていく。

「それではね、はい、私が来たということでね。ここでね……同盟を締結したいと思います……ええと、今日はお日柄もよく、絶好の同盟日和となりまして……ここに、え、と、おじさん島と、あと、フラワー島の、同盟を結びたいと思います、ね。はい、私が見届人の、同盟締結おじさんこと、堂前帝傑(どうまえていけつ)といいますね。短い間だけど、よろしくね、はい、よろしく。ごめんね」

「ああ、はい」

堂前帝傑と名乗るそのくたびれたスーツのおじさんは、目を細めてそこに並んでいるおじさんやあにまるを値踏みするように見つめる。どうやらあにまる達には見えていないようである。つまり、彼もおじきち達と同じ隠居、ということになるのだろうか。

「ええと、どれどれ。はいはい、ええと。おじさん島の島リーダー、森進さん。そしてフラワー島の島リーダー、森山明日夢さん、こちらへ来てほしいのね。あ、はい。えへへ」

「はい」

「はい」

あからさまに進達の名前が記されたメモを見つめながら、堂前帝傑と名乗るくたびれた茶色いダブルのスーツを着たおじさんが二人を誘導する。

「え、と。フラワー島の人は？　え、と、どっちだっけ？　ごめんね」

「ああ、僕です」

「あ、眼鏡の……そうなのね。はい。じゃあ貴方(あなた)は、この扉、マヴダチゲートっていうんだけどね、こっちの方に入っていってね、そう、貴方の島の方、ね」

「え、はい。あ、本当にもうこっちはフラワー島なんですね。ワープゲートと同じなんだ……」

明日夢が扉をくぐると、そこは花が沢山咲いている、フラワー島だった。

「はい、その通りですね。ここはもう開通されてますからね。私が開けましたから。で、おじさん島の、森、進さんね。森進さんは、こちら、そう、自分の島、おじさん島側に立って、はい」

堂前に誘導されて、進と明日夢は扉を挟んで立っている状態となった。

「えーと、じゃあ次だけど。あ、あのね。島リーダーのお二人に、握手をね、してもらいたいのね。え、と。それで、同盟、ということになるのでね……はい。ごめんね。出来る?」

「あ、分かりました」

もじょもじょ話すくたびれたスーツのおじさん、堂前帝傑の言う通りに、進と明日夢はお互いの島に立った状態で、同盟門(マヴダチゲート)を挟んで、がっちりと握手を交わした。すると、二人の周囲から輝く光の粒子が溢(あふ)れ出す。

「わわ」

「こ、これは……」

「……………」

困ったように手を繋いだまま同盟おじさんの堂前を見つめる進と明日夢だが、おじさんは何も言葉を発せずに、うんうんと頷きながら、その光を見つめている。

「…………」

堂前が何も言わないので、周りの皆も黙ってその様子を眺めている。

そして、全ての光の粒子が空に飛び立っていくと、満足したように頷く。

「……はい、ではこれで同盟締結ということで、これからもどちらの島もね、長らく、すべからくね、仲良くね。はい、じゃあ私は帰りますからね。はい……」

ぶつぶつ言いながら、同盟おじさんの堂前は海の方へと向かい、そのまま身体が薄くなって、消えていった。

堂前が完全にいなくなってから数秒ほどの静寂の後、我慢出来ずに秋良がツッコミを入れる。

「いや、あの人必要だった！？？　なんだか段取りぐずぐずだったんだけど」

「まあ、彼もまだ慣れていないおじから、これから洗練されていくと思うおじ」

「そうなの？　他にも同盟したって島があるって聞いているけど。これが初めてじゃないだろう？」

「えーと、あの方はいわゆるＮＰＣ（ノンプレイヤーキャラ）ということでござるか？」

ゲームプログラマーの木林はその点が気になって尋ねるが、おじきちは首を横に振って否定する。

「いや、彼はNPCじゃないおじ」

「え？」

「NPC（ノンプレイヤーキャラ）じゃなくて、NPO（ノンプレイヤーおじさん）だおじ」

「しゃらくせえよ!!!!!!!!　マジ聞かなきゃよかった。ひどい親父ギャグじゃねえかよ!!」

秋良が大声で虚空にツッコミを入れる中、カンナの鐘の音と祝福の歓声が響く。

「さて、これでおじさん島とフラワー島は無事に同盟が締結されました！　これで行きたい放題です！　勿論、よその島ではしっかりとその島のルールを守って、楽しく同盟ライフを送ってくださいね!!」

わあっと歓声が轟く。このために交換しておいたクラッカーや打ち上げ花火なども放たれて、盛大な催しとなった。

「これで、いつでもびろぢ様の元へと行くことが……これって既にもう同棲と同じだわ……」

ミズホが俯きながらブツブツと願望を呟いているのを見てフラワー島の力と良、博昭が苦笑しながら顔を見合わせる。

「いや、なんだかんだで一日中ゲートの前でくすぶって、結局一度も行くことが出来ないと思う」

「どう思う？」

「だなだな。それで普通に行き来している俺達やあにまるの子供達を睨みつけるところまで想像出来るよ」

ミズホが自分のことでいっぱいいっぱいなので、カンナが頑張って進行を続ける。

「さてさて、それでは同盟のスタンプが押されますよ！」

そして、ポンと、進と明日夢の腕にスタンプが押される。それを見て、進が声をあげた。

「やや、これは⁉」

なんと、腕に押されたそれぞれの神が違うのだ。普段、進の腕にはおじさん島の神であるおじきちのスタンプが押され、明日夢にはおじろうのスタンプが押される。それが、なんとなんと、今回のスタンプでは進の腕におじろうの顔が、明日夢の腕におじきちの顔のスタンプが押されているのだ。

「これは、あれですか？　押し間違いですか？」

「ブッ！　あははは」

その進の言い方があまりに素っ頓狂だったため、明日夢も噴き出してしまった。

同盟関係で得たスタンプは、相手方の隠居の顔になるのだと、カンナが説明する。

「これは何か特別なスタンプなのでしょうか？　価値が違ったりとか」

「いいえ。オジはオジなので、報酬交換に関係があったりはしません」

「ないのかよ!!」

「いや、ですがそれにしてもこれは面白いですね。おじろうさんのスタンプだけ残して消費することは出来ないんですかね。レアですからね」

そう言いながら進は、子供のように目を輝かせながら自身の腕についたスタンプを興味深そうに見つめていたのだった。

「……まあ、リーダーが嬉しいんなら別にいいけどね。いやー、進さんて、本当こういうゲーム性が付与されるの好きだよね」

「はい！　大好きです！」

「同盟が締結されましたので、同盟関係の島同士でイベントを行うと、先ほどと同じように同盟スタンプが手に入ります。中でも同盟島同士が仲良くなるノルマは少しポイントも高めだったりしますので、是非是非一緒に報酬にチャレンジされてみてください！」

カンナの説明に進は飛び跳ねて喜ぶ。おじろうスタンプを集めたくて仕方ないようである。

「それでは、早速同盟スタンプをゲットしましょう。さあ、何をしましょうかねえ」

る。

「普通にいつもやっていることを他の島の住民とすればいいんですよね」

進と明日夢が腕を組んで考えていると、ブタサブロウと秋良が大きく手を上げて提案する。

「島対抗、釣り大会に決まっているブタ!!」

「そうだぜ!」

フラワー島でも釣りはよくやっているということで皆が賛成して、その場で釣り大会が開催されることが決まった。

「ああ、釣り大会ならNPOの山崎伝助という方がいるおじけど……」

「もうNPOはいいよ!! そんな今日知ったNPOっていうシステムを焦って馴染ませようとしてんじゃねえよ!」

秋良の鋭いツッコミが合図となり、皆はそれぞれ準備を開始する。

「それじゃあ釣り竿を用意しないとですね。島に取りに帰るのもマヴダチゲート一つで行けるから、これは本当に楽ですね」

早速ゲートを使って自分の島から道具を取ってこようとする明日夢だが、それをコリスが呼び止める。

「ああ、大丈夫リス。釣り竿ならこの島にいくつかあるし、足りないならすぐに作るから……」

それを聞いてフラワー島の他のおじさん達も興味を引かれてやってきた。

「ええ⁉　コリス君が作っているのかい？」

「……そうリス。ここをこうすれば……」

そうして、すぐにコリスは作業台の近くに置いてあった枝やツル等の材料を使って器用に竿を作ってみせた。

「やや!!　なんて手際の良さだ。凄いなあ」

「ちょっと、もっと詳しく教えてくれないか」

「僕も気になるヒツジ」

「私も教えてほしいウマ」

「わ、わ。分かったから、ちょっと離れてほしいリス」

あっという間におじさんやあにまるが集まってきてコリスは恥ずかしそうだが、どこか嬉しそうであり、それを遠巻きに眺めている山太郎の自慢げな顔も、見てられないくらいクシャクシャに崩れていた。

更にブタサブロウが鼻息荒くおじさん島の釣りスポットを案内する。

「海で釣りたかったらもう少し歩いた所の海岸が良いブタ。川が良ければ、この間ヤマタロウ達が橋をかけてくれた所があるから、そこで釣ったらいいブタ。だけどあんまり上の方に行くと、魚はいなくなるブタ」

そうして、島対抗の釣り大会が始まるのであった。

進とネコミ、秋良とコリスは明日夢と力と一緒に浅瀬の海岸で、山太郎と木林、チュンリーとイヌスケは川の方に向かった。そしてヒツジロウとウマコ、リンタロウはブタサブロウに案内されて、彼お勧めの岩場へと赴くのだった。

「さあ！　釣りまくるぜ！　そしてこの同盟締結の日に俺はヒーローになるんだ！」

提案者で、お祭り騒ぎが大好きな秋良は心底楽しそうに竿を振るって海に針を落とす。それにならって他のおじさんやあにまるも竿を振るった。

「ネコミ、実はあんまり釣りをしたことがなかったから、楽しみネコ」

「僕もリス。自分で作った竿で魚を釣るなんて、とても楽しそうリス」

「それは本当に良かったですね。フラワー島の皆も、全員で釣りをするなんてなかなかないから、本当に楽しそうです」

明日夢は周りの光景を眺めながら言うと、嬉しそうに目を細めた。

「あ、進さん、一つお願いがあるんですけど」

「おや、なんでしょうか明日夢さん？」

「いえ、この釣り大会で釣れた魚なんですけど、刺身にしていただけたら凄く嬉しいんですけど」

「ああ、そんなことでしたらおやすい御用ですよ」

「やった！」

珍しくガッツポーズなんてする明日夢に進は笑いながら首を傾げる。

「どうしてそんなに喜ばれるんですか？」

「いや、うちの島はまあ、そこそこ料理も出来るんですけど、いかんせん刺身を捌ける人間がいないんですよね」

「ああ、なるほど」

それならフラワー島のおじさん達は喜ぶだろう。腕を振るって料理をしようと進は心に誓うのだった。そして、そんな話をしている進と明日夢を、ネコミが恐ろしそうに見つめている。

「ススムとアスム……ひょっとして、また魚を生で食べる相談をしているんじゃないかネコ。ススム達おじさんはネコミ達よりも大人なのに。ちしきも沢山あるのに……なんでそんなに魚を生で食べたがるネコ……。げせぬ……。ネコミにはげせぬネコ」

生食の文化のないあにまるのネコミが目を細めて不穏な空気を醸し出している中、コリスはコリスでそれぞれの配置を見て気になることがあるようで、不思議そうに首を捻っていた。

「そういえばだけど、フラワー島のおじさん達とあにまるって仲良くないリス？　誰もおなじ島同士のおじさんとあにまるが一緒にはいないリス」

人一倍臆病で気を使うコリスが心配そうに呟（つぶや）くが、それを聞いた秋良はふっふっふと不敵に笑い、コリスの小さな肩に優しく手を置いた。

「コリ坊。よく気が付いた、と言いてえところだがな、そうじゃねえんだな。仲が悪いなんてことはないんだよ。まあ、よく見てみろよ。それには理由があってよ」

「理由リス？」

「近くを見回してもどこにもいないのはフラワー島の博昭さんと良さんだろう？　のっぽと太っちょの。あの二人はじゃあどこで釣りをしていると思う？」

「ええ？　どこにもいないと思うリスけど……」

すると、コリスの近くの川辺からどこからともなくポチャンという水しぶきの音が聞こえてきた。ふと、目の前の水面をコリスは眺めてあることに気が付く。

「あれ？　糸の数と、釣りをしている皆の数が合わないリス？」

みると一つ、誰のものでもない糸が水面に落とされていたのだ。

「んん？　どういうことリス？」

その糸の根本を目で追ってみると、なんと木の上にまで繋（つな）がっているではないか。

「え？　あそこに人がいるリス？」

まさかと思い、コリスが目を凝らしてみると、そのまさか。森の中の木の上に双眼鏡でこちらを窺（うかが）っている作業着を着た細長いおじさんがいる。そして、その下にはもう一人、太めのおじさんが座っていた。

「あれは……」

「博昭さんと良さんですね。うちの島の住民です」

「いや、それは分かるリスけど、あの、一体あそこで何をしているリス？」

「さて、何をしていると思います？」

何故かしたり顔の明日夢に質問を質問で返されて更に困惑するコリスだったが、彼らが今いる木はよくネコミやチュンリーが登っていて、その時に口を揃えて言うのが「あの木の上なら、島中が見渡せる」という言葉であった。

「あ……」

そこで彼らが何故あんな所で釣りをしているのか、コリスは気が付いた。

「釣りをしている皆がよく見える所にいるリス？」

「その通りだぜ。皆というか、あにまるのガキ共がよく見える所だな。博昭さんは観測員だったから、注意力が半端ねえんだぜ！」

そう、力強く秋良が説明をする。フラワー島のテーマはあしながおじさんである。彼らは、あしながおじさんとして人知れず、陰ながらフラワー島のあにまる達を見守ってきたのだ。

お節介で何もかも思っていることは言うし、色々とやってしまう秋良にとって、この陰から見守るという彼らの行動はとてもスマートであり、最大の憧れなのだった。

「ひゅう！　これぞ、あしながおじさんだぜ‼」

最高にイカす島のおじさん達を紹介出来て光栄とばかりにコリスにドヤ顔をしまくる秋良。

「そうです。これがフラワー島の、やり方なのです」

それに応えるように満更でもなく、誇らしげに眼鏡を超高速でクイクイする明日夢。そんな明日夢を眩しそうに見つめる秋良。そんな夢の中のようにうっとりした二人に、ネコミの素直かつ、純粋な感想というナイフがひたひたと、真っすぐ迫る。

「うーん。なんだか、きしょくわるいネコ」

「ぐおお‼」

「ぎゃあ‼」

「わざわざ遠くで見ている意味が分からないネコ。見守るなら近くで見てくれていた方がすぐに助けを呼べるから嬉しいネコ。遠いと何かあった時に困るのは目に見えているネコ。あと、いつもどこかで誰かから見られていると思うときしょくわるいネコ」

いちいち説得力のある、かつ悪意のない言葉が明日夢と秋良の心を抉る。

「いや、それは猫娘！　お前はまだ小学生くらいの年齢だからそうだけど、フラワー島のあにまる達はお前達よりももうちょっと上だろう？　それぐらいの年頃になったら干渉を嫌うようになるんだから！　一緒に洗濯したら口利かないとか、やれ宿題やれだの風呂入れだのが煩わしくなるの！」

「……うーん、アキラがそんなに必死なら、ちょっと分かったネコ」

それから秋良達は、ブタサブロウ達の様子が気になって釣りポイントを変えた。すると、そこではリンタロウの釣果が一番良いようで、何度も竿にあたりがきているではないか。

「え？　すげえうまいじゃないか！」

「リンタロウ。沢山釣って凄いネコ!!」

「ほう、流石はりんたろうだぜ……」

「え？　どういう意味キリン？」

「いや、まあ釣り用語で、そういうのがあるんだよ。あはは、はい、あるんです」

「それ、うちの島のヒロアキにも言われたことあるキリンけど」

「あはは……。いや、おじさんだけが知っているんだ」

「うう……餌をつけられないヒツジ……。このムシ、気持ち悪いヒツジ」

釣果の良いリンタロウの横で、ヒツジロウが泣きながら餌のフナムシをつけようと頑張っている。

「お、俺に任せろ」

すぐさま秋良が代わりに餌をつけてあげようとするが、そこにひゅうっと音がしたと思ったら、ヒツジロウの目の前に餌のついた竿が突き刺さった。木の上で様子を眺めていた博昭が、良に竿を投げさせたのだ。

「うわ!! 餌のついた竿がやってきたヒツジ。やったあヒツジ!!」

喜びの声をあげるヒツジロウを見て、ネコミが感心して頷く。

「なるほど、あんな遠くからでもヒツジロウのピンチに、アキラより先に駆けつけたネコ。めちゃんこ凄いネコ。あれが……あしながおじさん」

ネコミの反応に、秋良と明日夢が嬉しそうに笑いあう。

「へへ」

「ふふふ」

「……でも、やっぱりちょっときしょいネコ」

そうして、釣り大会は大盛況に終わった。最終的にはやはり地の利があったのか、おじさん島の勝利となった。おじさん島の住民が魚を釣ると進の腕におじろうの、フラワー島

だと明日夢の腕におじきちのスタンプが押されるのだが、結果、3スタンプ差でおじさん島が勝利して、更にボーナスのおじろうスタンプを10個もらうこととなった。

「はい、出来ました。刺身ですよ！」

進が捌いた刺身を目にして、フラワー島のおじさん達が目を輝かせる。

あにまるワールドの刺身は身が締まっていてかつ柔らかく甘味もあり、それは途轍もない美味なので、誰もが大声で歓喜の叫び声をあげる。

「うま！！！！！」

「これは最高だな！！！！」

「まさか、あにまるワールドで刺身を食べられるなんて」

「そして、そしてそして……ビール！！！」

刺身と一緒に、当然ビールも振る舞われ、フラワー島のおじさん達はご満悦である。

「いや、正直、おじさん島との同盟で一番嬉しいのは、このビールだよな」

「いやいや、普通に今までだってあげてただろうが」

「だけど、確実に同盟島となって、しっかりとした流通ルートが確保されたってなると安心感が違うじゃないか」

良が笑いながら言うと、ビールをあにまるワールドに持ち込んだ張本人の秋良が噴き出してしまう。

「それなら良さんの作る農作物だってこちらも取引し放題だからな！　美味しい野菜が毎日食べられるのって最高だよ」

「そうだパンダ。だからポテトチップスのためにジャガイモを沢山持ってこいパンダ」

「あっはっは!!　あにまるの王様に気に入ってもらえたんなら、農家としても嬉しいよ」

おじさん、あにまると入り混じって、和気あいあいと食事を楽しんでいる。そんな中、明日夢が進に話しかける。

「そういえば進さん。ぶどう島の方には会いましたか？」

「ああ、それはまだなんですよ。多分一度島に来てくださったと思うんですけどね。教室に書置きを残されていって」

「きっとぶどう島の石ノ森翔さんですね。彼はパン屋さんですよ」

「なるほど。それなら小麦も持っていらっしゃるということですね？」

その会話で進の目がキラリと光る。

「ああ、『今日は残念。また来る』って書置きな。あれって、俺達が温泉に入っていた時だよな。進さんが珍しく会いに行きたがらなくて、時間切れになっちゃった」

何気なく割って入った秋良の相槌の言葉に、今度はフラワー島のおじさん達が反応する。

「温泉？」

「温泉があるのかい⁉」

「そんなこと聞いてないぞ!!」

温泉というキラーワードに色めき立つおじさん。そう、おじさんは刺身とビールと温泉が大好きでたまらないのだ。

そこでネコミが案内を買って出る。

「はいはい！　それではおじさん島のおじさん温泉ツアーに向かうネコ!!　しっかりネコミについてくるネコ!!」

「はーーーーい！！！！！」

その日、二つの島で結ばれた同盟の宴(うたげ)は、夜遅くまで続いたのだった。

33　滝へ行こう！！！

「今日は社会の授業です！　皆さんにはおじさん島の地図を描いてもらいます」

進の授業の時間だが、これは美術も兼ねている。絵を描く機会もなかった子供達に地図を通して独創性を学んでもらおうと、教育方針も前日にきちんと決めていた。

「自由に描いて構いませんからね。思ったようにこの島の地図を完成させてください！」

「にゃ！」

「ぶー！」

「ちゅん！」

「リス!!」

「パンダ!!」

進の号令に歓声をあげ、子供達は嬉々として、ペンを模造紙に走らせる。

コリスは器用に、自分達の住んでいる所からコツコツと丁寧に描いている。家の形や砂浜の形を忠実に表していて、綺麗である。

ブタサブロウはブタサブロウで、特に思い入れの深い、よく釣りをする海から描いている。海面から巨大なヌシが飛び跳ねていて、豪快な地図になりそうである。

　パンダはというとおじさん島を小さく中心に描くと、周りの島々や大陸を描き出した。

それを、興味津々で覗（のぞ）き込む進。

「いやー、これはこれで興味ありますね。パンダさん、これは本当に実際にある島々や大陸なんですか？」

「ススムよ、舐（な）めるな。我はあにまるワールドを支配する頂点なる種族パンダなるぞ。王が領土なる地理を把握してなくてどうするかパンダ」

「そう言って、お前本当はこの島をあまり散策してなくて地図に描けないからって縮尺を変えた適当な地図やってんじゃねえだろうな」

　そう秋良が茶々を入れると、パンダは血相を変えて反論し始める。

「な、なにをいうか金髪のニンゲンが。そんな訳ないパンダ。ほれ、ここがわかものの本土メインランドパンダ。周辺の島々がリゾート地で、更に外があにまるの施設島パンダ」

　パンダの地図に対して真剣に進が質問をする。

「王都、といいますか、首都なんてものはあるんですか？」

「メインランドが首都パンダ。わかものには王様はいないパンダ。王様なんて据えても35歳になったらすぐに入れ替わるパンダから。その代わり、7若人（セブンスター）という、七都市で5歳間隔で首長が決められていて、その七人が一番の権力を持っているパンダ」

「なるほど。それは興味がありますね。また歴史の授業の時にも詳しく教えてほしいです。パンダさんは思いのまま、好きに地図を展開してくださいね」

パンダは自分からある程度情報を入手されても構わないと思っていたが、進はそれよりも授業が大事と、パンダに地図を促す。そういうバランス感覚が心底にくいと、パンダは内心感じていた。

進は今度はご機嫌に鼻歌を歌いながら机に向かうネコミの地図を見ている。ネコミの絵はまさに小学生低学年の女の子といった感じで、かわいらしい。

「これはネコミネコ！」

海岸に、耳のついた、猫のような少女が立っている。

「ほう、お前は隣の木よりも大きいのか」

口を挟まないと気が済まない秋良のツッコミを無視して、凄い集中力でネコミはペンを走らせていく。絵の中のネコミの横に、ニコニコして立つおじさんを描く。

「これは、ススムだよネコ」

「うわあ。素敵です。ありがとうございます」

「これはアキラとブタサブロウネコ」

「なんで俺は家の屋根に乗ってんだよ。家の五倍でかい巨人だしぶわ！！！！」

「…………」

先ほどまで同じく絵にツッコミを入れながら嫌味を言っていた秋良だったが、ネコミが自分を描いてくれたことに耐え切れず、感動して文句を言っている途中に号泣して、教室を出ていってしまった。

「え、と。これは？　木林さんですか？」

そこには眼鏡をかけたおおらかな体型の笑顔のおじさんが描かれていた。なので、木林一択かと思ったのだがそうではないようで、ネコミは首を横に振る。

「違うネコ。これは、おじきちネコ！！」

「え？　でもネコミさんって、おじきちさんのこと、見たことないですよね？」

「見たことないネコけど、ススム達から聞いた特徴と、ネコミが今までに見たわかものをおじさんにした感じで、考えて描いてみたネコ！！！」

それが、実際におじきちと似ている、というのは、何か関係があるのだろうか。

カンナの方を窺ってみるが、彼女も分からないようで、肩を軽く竦めるだけであった。

次に進は、チュンリーの地図を見てみる。

「おお、チュンリーさんはとても写実的で、素敵な地図ですね」

そう言って褒めると、チュンリーは照れたように両手の羽を擦り合わせて笑った。

「ちゅん。私はいつも空からこの島を見ていますからスズメ。実際に見たものを描いているだけでスズメ」

「なるほど。確かにチュンリーさんは空が飛べますからね。一番この島の地理に詳しい方と言っても過言ではありませんね」

「ちゅんちゅん♪」

嬉しそうに弾んだ声をあげるチュンリー。彼女はどんな授業でも楽しそうに受けるので、年長ということを差し引いても、どの生徒よりも勉学が身についていた。

進は他の生徒にアドバイスをするために離れようとしたが、目の端に入ってきたものが、ふと気になり、再びチュンリーの絵を覗いてみる。

「あのう、チュンリーさん。これって、何ですか？」

それは、森の奥を抜けた先の小さな山の上から流れるある地点に描かれていた。

「えーと。ここから川が流れていますスズメ。そして二つに分かれていまして、ここからこっちに流れているのが、水汲み用の川に続いていますスズメ」

「ふむふむ」

それは進も理解出来る。島生活開始当初にネコミが見つけてくれた、大事な生活水のための小さな川である。「ネコミの生活水」と名づけられ、今でもおじさん島の生命線である。

「それでは、この二股になった水流の、下にではなく横に向かっているものは？」

「ええ。この川が実際は本流で。ええと、ススムは信じられないかもしれないでスズメけど、このまま大きな川となって、流れて、崖から落ちていますスズメ」

「崖から、川が、落ちている？」

「はい、一気にストンと川が落ちている所がありましたスズメ」

「……それはすなわち……滝があると？」

「ちゅ、ちゅん。これが、タキというものなのかは分からないでスズメけど、こういう感じの水が落ちている場所があるのは本当でスズメ」

いつになく真剣な眼差しの進に気圧されながら、チュンリーは答える。

「……そうですか。なるほどなるほど……。そうですかそうですか……」

満足そうに何度も頷く進。そしてその後、生徒に向かって問いかける。

「皆さん、ある程度描けましたか？」

「にゃあ。まだまだ描きたいネコ！」

「俺も次は色を塗りたいブタ」

「分かりました。おじさん島の地図に関しましては、また明日明後日と、時間を設けたいと思います」

確かに、現状の授業の枠だと完成にはまだまだ時間がかかりそうだ。だが、別に明日でなくとも、今日の授業を延長して続きをしてもよさそうなものだ。子供達は違和感を覚えたが、なんとなく有無を言わさぬ進の雰囲気に疑問を口にすることも出来なかった。

更に、進はきっぱりとこの後の授業の変更を告げる。

「そして、この後は私の国語の授業でしたが、それをちょっと変更させていただきます。今からは野外実習です。森を抜け、山を越える準備を今すぐ始めてください」

◇　◇

突然の野外実習を決定した進に、一緒に教室にいた秋良もおかしいと感じて話しかける。

「どうしたんだよ進さん、一大事か？」

その問いに進はこくりと頷く。

「秋良さん。チュンリーさんが発見されたのですが、この島には、滝があるそうです」

「……………滝が？　マジで？」

「はい。マジです。なので今からそこまで行ってみようかと思います」

「分かった。山太郎の棟梁と木林さんを呼んでくるぜ。あと、諸々の準備も任せろ！」

何の疑問も挟まずに、進から「滝がある」とだけ聞くと、秋良はすぐに動き出す。既に彼も進と同じ、真っすぐと澄み切った、曇りのない瞳をしていた。

一分もしないうちに、猛スピードで山太郎と木林が教室の扉を開けて駆け込んできた。

「聞きましたぞ。滝ですと。行きますぞ」

「それは絶対に行かねばなるまい……なるまいよ」

木林も山太郎も真っすぐな瞳で、とてもキリッとした表情で前だけを見つめていた。誰にも止められない、滝へと向かう確固たる意志を感じられた。

四人のおじさんがほぼ同時に滝への異常なまでの関心を示す。その凄まじいシンクロ率に情報源のチュンリーの方が狼狽えてしまう。一体何なのだろうか。ここまで真剣な表情になるということは、ひょっとしたら新しい水源となることを期待しているのかもしれない。

「あ、いやでも、その、タキ？　っていう場所は、ここからかなり遠いでスズメ」

「どこでござるか？」

「えーと、これがチュンリーさんの描いた地図なのですが、水を調達する川から更に上の部分だそうです」

「あー、なるほど。あそこから上は道も何もないもんな。岩場や崖を登った、更に人間が立ち入れない場所にある、未開の地ってことか。だけどチュン子だったから空から確認出来たってことか。……そそるな」

「今から出発すると、半日以上かかる、といったところかのう」

そう、かなり険しい道のりであることを認識しながらも、首を回したり左手で右肩を揉んだり手の指をポキポキと鳴らし「やれやれ、こいつは厄介だぜ……」とか「大変でござるなあ……。ああ、大変大変」と言いながらも、何故かおじさん達には行かないという選択肢は皆目無いようだ。そう、彼らは行く気満々なのだ。更に屈伸やアキレス腱を伸ばすヤツまでやり始めて、もう絶対に行く感じである。

「にゃん？　なんでススム達はやれやれとか言いながら、やる気満々なんだネコ」

「その、タキといったら、上流にあるパンダ。雀族が飛んでしかそこを観測出来なかったというのが、結構な道のりだという証拠パンダ」

「え？　今から行くんですかスズメ？　自分達でも言っていましたけど、かなり険しい道のりでスズメよ」

自身の言葉が発端でおかしくなったおじさん達を見て、チュンリーが狼狽えながら、カンナに助けを乞うようにもたれるが、彼女も呆れ顔で残念そうに首を横に振る。

「チュンリーちゃん。無駄ですよ。この島のおじさんは基本的には全員おじさんですけど、少年の心を胸の奥に秘めた、最高に厄介なおじさんですから」

「ちゅん。よく分からないでスズメけど、タキがおじさん達の少年の心をくすぐる、ということでスズメか？」

それに関してはおじさんではないカンナも肩を竦めて返事をするしかなかった。

「なんというか、おじさんというか、男の子には妙なロマンがありまして、敏感に反応するトピックがあるんですよ。例えば、秘密基地だったり、七不思議とか、廃校、廃病院だったり、ですです。その一つにまた、滝というのが含まれているんですよね」

そこで、進が大きな声で号令をかける。

「よし、行きましょう！　皆さん！　出かける準備をしてください」

「やっぱり行くみたいネコ!!」

「マジかよブタ！」

「頭おかしいパンダ。パンダは行かないからなパンダ！」

子供達が総勢で冷静かつ何も間違っていないツッコミを入れるが、まるでおじさん達には聞こえていない。黙々と荷物を鞄に詰めて準備を始める。

鞄に水、食料などを入れ、山太郎は必要になりそうな工具や道具を選別し、秋良なんかは何故か赤い布を引っ張り出して縫物をし始めた。そのおじさん達の表情は皆、真剣そのものである。

「なんか、ススム、いつもよりキリッとしていて格好良いネコ。どうしたネコ」

「おじいちゃんのこんな真剣な顔も久しぶりリス。これだけさせる『タキ』って一体なんなんだリス」

「アキラもいつも以上に目をキラキラさせているブタ。美味しいのか？」

「なに言ってんだブタ野郎‼　滝の何が美味いわけあるか‼　ゲラゲラゲラゲラ」

ブタサブロウの発言に秋良は大爆笑。もうどこの何がツボに入ったのか分からなくて不気味である。秋良につられて他のおじさん達も笑いだして更に不気味さに拍車がかかるのであった。


「さて、それではおじさんの滝に向かって、出発です！！！」

「おう！！！！！！」

「やあ！！！！」

「ござるううううう！！！！！」

もうついていけないノリだが、子供達も慌てて準備をして、おじさん達の後へ続くのだった。

その道中は子供達の想像した通り、本当に険しいものだった。そもそも水を取りにいく川でさえ、かなりの道のりなのだ。更にそこから岩場を頼りに上部へ伝い登っていく。空を飛べるチュンリーや傾斜や岩場を器用に登ることが得意なネコミにコリスが先に回ってロープを垂らす。それを伝ってメンバーは皆、協力して進んでいった。道中、木林は58回は転び、12回はくじけそうになり泣き、8回は眼鏡をなくしてその度に全員で探し回る等、過酷を極めた。

それでもおじさん達は諦めなかった。長い旅路、疲弊するおじさん達を心配して、ブタサブロウもチュンリーも引き返すように提案した。だが、いつもは優しく意見を聞き入れてくれるおじさん達が、今回は頑としてきかない。進までもである。

「タキ」とは一体何なのか。途中の休憩の際に尋ねてみたら、進は「皆さんも、滝をごらんになったら、分かりますよ」とだけ答えた。

「タキってなんなんだろうネコ。チュンリーは見たから分かるネコ？」

「いや、私も上から遠くで見ただけでスズメ。なので、下から見るとまた違ったものになりそうでスズメ」

「なにか、滅茶苦茶美味い魚か実だと思うブタ!!」

「我は滝が何かを知ってはいるパンダが。だが、実際どういうものだったかはよく覚えていないんだパンダ。まあ、文献でしか知らないパンダし、本土で見れるとは限らないパンダから、この機会に見ておいても良いと思っているパンダ」

「パンダ、実際は知らない感じリス」

「分かったネコ!!　タキっていうのは、大きなブランコとかで、凄く楽しいネコ」

「猫族が何をいうパンダ。我はそんなもののためにわざわざやってはこないが、それはそれで楽しいかもしれないな!!」

子供達もなんだかんだで滝に対して不思議な希望を抱き、ワクワクし始めていた。

そして、出発から3時間後、ようやくその場所に辿り着いた。

川の上流を登り、木と木、山と山の間を抜けた先に、その場所はあった。

くたくたになった足も、そのゴオオという、弾ける水しぶきの音を聞くと、おじさん全員が疲れを忘れて駆けだす。

そこには、まるで天空から川が降り注いでいるかのような、壮大な滝が存在していた。

「……す、すごい。綺麗ネコ。夢みたいネコ」

「凄いブタなあ!! これが滝か! 水がざーーーっと流れていて、格好良いぜ!!」

「遠くから見ていたらこの素晴らしさには気が付かなかったでスズメ。おじさん達が私達に見せたかったのはこれだったんですねスズメ」

「僕、ものすごく感動しているリス。今まで生きてきて、一番素敵な景色かもしれないリス……」

「ま、まあ、パンダ、確かに壮観というか、幽玄というか、パンダというか、見事なパンダではあるな、うん。パンダパンダ」

感動したあにまるの子供達が皆、思い思いに感想を述べる。

これなら確かに、進達が授業そっちのけで見に行こうと提案したのも、頷ける。

ネコミ達は、生まれてこの方、こんなに綺麗な景色は見たことがなかった。涙が零れるほどに神秘的で、美しい光景だったのだ。

自分達にこの景色を見せるためにおじさん達はあれだけの苦難な道のりを歩んだのだ。頑固とまで疑うような愚直さでここを目指したのだ。

やはり、彼らの言動は全て信頼出来るものであることを子供達は確信するのだった。

しばらく四人のおじさんと五匹のあにまると一人のカンナは、黙って目の前に広がる、壮大な自然の美しさを眺めていた。

そして、それから五分ほど経った後だろうか、進が口を開いた。

「……さて、では、打たれますかね」

「…………うん」

「…………うむ」

「…………ござる」

進の発言が皆、よく聞こえていなかった。そのまま黙って、ゆっくりと自然にあにまるの子供達だけが円になって集合して、話し合う。

「今、ススムはなんて言ったパンダ？　打たれるって言ったパンダか？　打たれるってどういうことパンダ？」

「いや、違うネコ。ススムは『……さて、では、宴ますかね』と言ったネコ。今からタキを見ながらウタゲを始めるってことネコ」

「絶対違うブタ」

「打たれましょうかね、って言ったスズメ」

「言ったリス」

「そうだよな。打たれるって言ったよな」

子供達全員が滝に打たれると言ったと一致したので、あにまる代表でブタサブロウがツッコミを入れることにした。

「はあ！！！？？？　打たれる⁉　滝にブタ！！？？？」

信じがたい言葉を聞いた。また、それを口にしたのが進だったからあにまるの子供達は混乱してしまう。こんな轟音を立てている水の柱に自ら飛び込もうなんて——正気の沙汰じゃない。

「どうしたネコススム？　頭がおかしくなったネコ？　ここまで来るのに疲れちゃったネコ？　もう少し休んでいく？　帰りに大好きなオンセンに寄っていくネコ？」

「あっはっは!!　私は何もおかしくなってなどいませんよ。いたって普通！　当たり前田のクラッカーです!!」

子供達の心配を豪快に笑い飛ばした次の瞬間、進は颯爽とスーツを脱ぎ捨てると、ふんどし一丁になった。

「ぎゃあああああ!!　自然に脱いだブタ！」

「ススムが!!　脱いだリス」

「ススムが狂った!!　絶対に頭おかしいパンダ！！！！！」

「進さん。一体いつからふんどしを用意して……」

子供達の前に立ちながら、カンナが呆れて呟く。

「あ……。あ、ススムが、頭がおかしくなったネコ……」

「慣れないあにまるワールドの生活で、疲れていたリス。おじさんはデリケートないきもの。僕達が気づいてあげないといけなかったんだリス」

不憫そうに満面の笑みでふんどし一丁になった進を見つめるあにまるの子供達。ブタサブロウが縋るように秋良に助けを求める。

「アキラ。ススムが頭がおかしくなっちまったんだブタ。あんな格好であの勢いの強いタキに打たれるなんてことしたら、死んでしまうブタ。訳の分からないことを言っているんだブタ。もうアキラ達しか希望はない。残りのおじさん達でススムを止めてくれ………

ブタあああああ！！！？？？？？」

秋良を振り返ったその瞬間、ブタサブロウは更に途轍もない光景を目にして、驚愕の悲鳴をあげる。

後ろにいた残り三人のおじさんもいつの間にか服を脱ぎ捨て、赤いふんどし一丁となっているではないか。そして、彼らは皆、一人残さず最高の、満面の笑顔なのだ。

「あ……、あ……おじさん島はどうなってしまうネコ……」

「……おじさん全員が、頭おかしくなったブタ……」

「……おしまいリス。もう、この島は、おしまい、リス」

「さあ、行きますよ!!」

「おう!!」

「ひゃっほううううう！！！」

「いくでござりまするぞおおおお！！！！」

あにまるの子供達の心配をよそに、四人のおじさんは我先にと滝へと飛び込んでいく。

そして、きゃあきゃあと黄色い歓声をあげるのだった。

「ひゃあああああああああああああ！！！　こ、これが、滝行ですか！！！　す、すごい衝撃です!!」

「いやあああ！！！　確かに漫画なんかで憧れていたけど、実際にやると、これはすげえぜ！！！！」

「ひいいいいいいいいいい！！！　冷たいでごza、ござる！！！！　死ぬううううううう！！！！」

「……素晴らしい。滝のけたたましい音すら自身を見つめ直すための静寂に聞こえる。なんとも不思議な感覚だ。この島で、自分を見つめる機会を与えられるとは……。島生活の、醍醐味じゃな」

四者四様。滝に打たれて様々なリアクションをとっているのを、あにまるの子供達は呆然と見つめる。

「ちゅちゅん。キバヤシは苦しそうでスズメ。助けてあげないと」

心配して駆けつけようとするチュンリーを制して、カンナが苦笑しながら答える。

「いやあ。まあ、おじさん四人が滝に打たれてキャッキャしてる画は、かなり異様ですけど、まあ、なにはともあれ、楽しそうじゃないですかー。ああいうのに憧れるんですよ、男の子って」

「そうなのネコ？　頭おかしくなったわけじゃないネコ？」

「そうですよ。見た目頭おかしそうに見えるだけで、進さん達がいた世界ではよくある？　ん？　よくあるのかな？　漫画とかバラエティ番組とかなら、あるのかな？　かな？　まあ、男の子の夢、ってやつですですです‼」

「……そうなんですねスズメ」

「おじいちゃんの夢が叶ったなら、それはそれで……良かったリス。僕はよく理解出来ないけど」

「そうだったネコね。ススム達の世界なら当たり前のことだったんだねネコ。それなら、安心ネコ」

実際は、滝行なんて、よくしない。だけど子供達を安心させるため、カンナはそう答えるしかなかった。

「うおおおお‼」

「誰が最後まで残れるか勝負しようぜ！！！」

「望むところでござるうううひえええけけ！！！」

「ぐおおおお‼」

おじさん達の生き生きとした声を聞きながら、子供達は普通に「早く帰りたい」と願うのだった。

ちなみに、皆のお揃いのふんどしは、出かける前に秋良が縫ったという情報で締めておくとしよう。ふんどしだけに。

その時、またタイミング悪く、再びおじさん島を訪れていたぶどう島の石ノ森翔と獅子(しし)族(ぞく)のライオネスは、砂浜に立ち尽くしていた。

「……おい、ショウ。この島の住民というのは、本当に存在するのかレオン？」

「あっはっは。確かに、いつ来ても誰もいないもんな」

憮然(ぶぜん)と立つライオンのライオネスに比べて、翔は比較的楽しそうに無人の家や学校を眺める。

「とりあえず今日も時間まで待つとして、それでも会えなかったら、どうする？」

「決まっている。スタンプをためてまた行くレオン!!」

動くことなくそう答えるライオネスに、翔は了解の意思を伝えるために頷(うなず)いてみせた。

「そうか。スタンプがまた無駄になってしまうな。早く同盟関係にならないと……」

34　キャンプをしよう!!

「今から帰るネコ？　半日以上かけて来たから、早く帰らないと大変ネコ」

滝行が終わったおじさん達に、そう尋ねたネコミに、進は待っていましたとばかりにニコリと笑う。

「な、なにネコ？　不気味ネコ」

「ネコミさんがとても良いことを仰いました。そう、このまま帰っても、途中で真っ暗になってしまいます。山の中、森の中を歩くのはとても危険です」

「いや、ススム達が突っ走ってこんな事態になったのに、なにが良い質問だブタ」

正鵠を射た、切れ味鋭いブタサブロウのツッコミも進には刺さらない。おじさん達は何かを考えているようで、笑みを浮かべている。

それは、ワクワクがまだ続くという歓喜に満ちた顔である。

そして、島リーダーの進が高らかに宣言する。

「よって、今日はここで、キャンプをすることにします！！！」

あにまるの子供達はキャンプという言葉を知らない。無理もない、わかものに酷使されていた彼らが、キャンプをしていたとは思わないからだ。

パンダがそんな彼らを茶化すように胸を張って答える。

「誇り高き博識なるパンダは知っているパンダぞ。キャンプとは、野球チームが行う合宿であるパンダ」

「違うよ。いや、違わねえけど。ていうかあにまるワールドに野球チームのキャンプはあんのかよ⁉　それって、どっちのチーム？　わかもののチーム？　あにまるのチーム⁉　え⁉　すげえ興味あるんだけど‼」

正直、今の話の腰を折ってでも問いただしたいテーマではあったが、進は修正して説明を続ける。

「つまり、今日はですね、ここで一晩を過ごすということです」

「ここで、お泊まりするネコか？」

「家じゃなくてですかスズメ」

「そ、そんなことが許されるのかブタ⁉」

「ここで、どうやってリス？　地面に寝っ転がって？　ご飯はどうするでリス」

「おいおいコリスよ。今までワシのもとで何を学んできたのじゃ？　今言ったこと、全てお主達は自分で解決出来るじゃろうが？」

「勿論、必要最低限の工具に食器セット、食材なんかは、持ってきてますよ」

コリス達はそう言われると、ハタとその事実に気が付いた。彼らには既にそれらの技術が身についている、ということに。

「確かに……リス」

「じゃあ、俺達、家に帰らなくても、どこでも生活出来るってことブタ？」

子供達は既に不安よりも、キャンプというものへの好奇心が勝っていた。

「いや、まあこれで無断外泊なんかが増えても困りますけどね」

「あっはっは!! 言えてるのう！」

滝ではあれだけ不安がり、おじさんに不信感を抱いていた子供達だったが、今では目を輝かせて、キャンプを楽しみにしている。

「さて、ではリーダーを決めましょうか」

学級会をネコミが仕切ったように、また今回も子供達の中からリーダーを選出しようというのだ。ブタサブロウが少し考えてからこう提案した。

「チュンリーか、コリスじゃないブタ？」

まさかの自分の名前が挙がって、小さく飛び跳ねたのはコリスであった。

ブタサブロウの意見にチュンリーも賛成する。

「私もコリスが良いでスズメ。こういった自然の中で物を作ったりするのは、もうコリスが一番だと思いまスズメ」

「こら。我を忘れるなパンダ。完全なるリーダーは我だぞ」

「パンダはリーダーじゃなくて王様ネコ」

「お、おう。分かっていればいいパンダ」

ネコミに言われて、すぐに良い顔で食い下がるちょろいパンダである。

「あっはっは！　同じネコ科なだけあって、尻に敷かれているな！」

「パンダはクマ科じゃよ」

リーダーを任されたコリスは、ほんの少しだけ腕を組んで考える素振(そぶ)りを見せると、すぐに判断する。

「分かったリス。じゃあネコミはおじいちゃんと食料調達をしてほしいリス。木の実とか果実とか、そのまま食べられるものがあればそれを優先するリス。で、チュンリーとアキラで調理の準備をお願いするリス。持ってきているもので何か作れるんなら、先に調理を始めても良いリス。ブタサブロウは竿(さお)を作って、パンダと魚釣りをしてきてほしいリス。そして、僕とキバヤシで今日の寝床を作るリス。ススムは全体のフォローと、水の調達をお願いするリス」

そう、何も迷うことなく指示を出す。だが、その奇妙なペアリングに首を傾(かし)げる者も数名いた。

「ネコミとヤマタロウで食料ネコ？　ヤマタロウはおじいちゃんネコ。大丈夫ネコか？」

「チュン子はあれだけど、いいのか俺が料理なんか作って。木林さんとペア、変わろうか」

「なんで俺がパンダと二人で釣りにいかないといけないんだブタ！　どうせこいつは何もしないんだから、俺一人で十分だブタ」

「その通りパンダ。魚など、豚族に釣らせておけばよいのだ」

——おやおや、大丈夫かのう。

困惑する現場に山太郎は少し不安になる。だが、その隣でゴクリと唾を飲み込んで不敵な笑いを浮かべているのが進であった。

「…………面白い。このペアリングは、とても面白いですね」

進はコリスの采配（さいはい）に完全に興奮していた。

「……ススムが、なんだか変な興奮の仕方をしているブタ」

「まあ、コリ坊の采配は面白いのかもしれねえな。進さんがあんなに感心するんだからよ」

「さて、夕方前だからゆっくりはしてられないリスよ。すぐに日が暮れる。それまでにやることはいっぱいリス」

「いや、それこそお前だって寝床を作るんだからさ。ちんたらしていたら……」

そう言っている間に、コリスは近くの木に登ると、腰からシャキンと取り出した自分専用のノコギリで素早く枝を切っていく。

「キバヤシ。切った枝を受け取ってほしいリス」

「は、はい」

切った枝は5本。2メートルほどの長さの枝が4本と、それより更に長い3メートルほどの一本である。

「……今日だけ夜を越せればいいから、特に面取りや形も気にしなくて良いリスね。キバヤシ、1メートルくらいの落ちている枝を集めてきてほしいリス」

「はいでござる!!」

コリスの呟（つぶや）くような口調に従順に答えると、矢のように駆けだす木林。

それと同時にコリスは2メートルの枝二つを真ん中ではなく、少し高めの位置で交差させると、すぐ近くの木から垂れているツタを切って、頑丈に結ぶ。更に同じ長さの2本の枝で、まったく同じものを作ると、残りの一本長い枝を、片方の交差している点の上に置いて、結ぶ。反対側の先端を、もう片方の交差している枝組に結ぶ。それだけで、三角柱を横にした枠組みが生まれる。そこへ木林がすぐに帰ってくる。

「コリス殿！　枝を沢山拾ってきましたぞ。あと、それに葉っぱも、これだけあれば足りますかね？」

指示していない葉っぱまで集めてきた木林を見て、コリスはにっこりと微笑む。

「流石キバヤシリス。じゃあ、後はこの枠の側面にその小さな枝を敷き詰めて、その上に葉っぱをかけたら、とりあえず一つ出来上がりでリス」

「素晴らしい！　それは拙者がやりますから、コリス殿は次の材料を切ってくだされ」

「了解リス」

絶妙なコンビネーションで作業して、あっという間に寝床を作ってしまう二人。

「す、すげえ……」

思わず秋良が感嘆の声を漏らす。

「元々プログラミングで関数や数字を使っていただけあって、頭の良さや作業工程に関する把握というのは木林君は長けているからのう。何年も住み続ける住宅を建築する場合だったらしっかりとした土台や家材が必要じゃが、サッとやるなら、力仕事の技術はなくとも、理解力の速い木林君と組んでスピーディーに作業していく方が有効じゃ」

更に理由があることを進は理解していた。今解説した山太郎当人の性質である。山太郎は何十年も建築一筋でやってきた職人なのでやはりこだわりがある。偏屈な所があるから、あまり作業を雑にはこなしたくはないのだ。

「ったく、別に文句は言わんのじゃがのう。じゃが、のびのびコリス棟梁がこさえたキャンプ地というのも、楽しみかもしれんのう。さて、ネコミ、じゃあジジイと一緒に食料を調達に行くとするかのう」

「にゃあ」

そう言うと、ネコミはするすると長身の山太郎の身体に登ると頭にちょこんと座り、そのまま森の中へと入っていった。

「よし！　俺達も負けてらんねえな、チュン子。とりあえず俺は火をおこすぜ！」

「はい。あ、早い」

さっとその辺りにある木の枝を使って火をおこす秋良を見て、チュンリーも感心してしまうのだった。


それからは何がハマったかというと、全てがハマった。

秋良とチュンリーは元々裁縫や服を作る作業などでもたまにタッグを組むことがあったから、それが料理に変わっただけで特に違和感もなく作業を行い、ネコミと山太郎はネコミの勘と、山太郎の経験からどこに食材があるかをしっかりと察知して探し当てることが出来た。更には不安だったブタサブロウとパンダのペアも、口喧嘩をしながらもなんだかんだで釣果を上げることに成功するのだ。

「おいパンダ。何をぼーっとしているブタ。ちゃんと釣るブタ」

「何をおかしなことを言っているパンダ。釣りというのはのんびりとやるのが一番で、ちゃんとやるなんていう言葉自体が、一番おかしいんだパンダ」

「また屁理屈を言って。それにしてもそうやって寝そべってたら釣り竿に魚がかかったかどうかも分からないし、絶対よくないブタ」

「そんなことないぞ。この体勢の方が魚達に隙を見せることが出来るし、魚が油断してよく釣られてくれるようになるパンダ。それに寝そべった体勢で自然と対話することにより、川とも一体化して、やっぱりよく釣れるパンダ」

「……本当ブタ?」

「我はあにまるの王パンダ。嘘はつかないのだ」

「…………」

パンダの言っていることを疑いながらも竿を持ったまま寝そべるブタサブロウ。すると、確かに木々の擦れる音や、大地から伝わる自然の音色が聞こえてくるような気がする。

「まあ、なんだか気持ちが良いのは確かブタ」

「……ほら、早速かかっているぞパンダ」

「な!!??」

パンダの指摘を聞いて身体を起こすと、確かに糸が引かれている。慌てて引き上げると、一匹魚をゲットすることが出来た。

「凄いブタ!! パンダ、言った通りになったブタ！」

「ふっふっふ。我もまさか本当にすぐ釣れるとは……あ、いや。ほらな。言った通りになったであろう。我はお主らの教師もやるのだぞ。ちゃんということを聞いておけば、沢山釣ることが出来るであろうパンダ」

「分かったブタ！ ほかにもパンダが考える釣れそうなポイントとかあったら教えてほしいブタ！」

「ふっふっふ。いいだろう。ではもう少し上流に行くとしよう」

「分かったブタ!!」

教えたがり、偉そうにしたがりのパンダと、心根が素直なブタサブロウは相性が良かった。どのみちこの付近の川は常に魚が生息していて、どこで釣っても大漁であったのだが、全てパンダのアドバイスのお陰で釣れたような雰囲気となり、ブタサブロウもそれを心から称賛するのであった。

それから、秋良とチュンリーが作った料理を皆で食べて、キャンプファイヤーもして皆は大いに盛り上がった。

キャンプファイヤーでおじさん島の島ソングを歌うのを頑なにパンダは拒んでいたが、

リーダーのコリスが睨みを利かせると、しっかりと暗記していた歌詞を諳んじて、スタンプボーナスをもらうことにも成功したのだった。

◇　◇

子供達が寝静まった後に、おじさん達はビールで乾杯をして、宴を始める。

「いやー、思わぬ流れで滝からのキャンプとなってしまいましたが、これはこれで」

「楽しいな！　たまんねえな！　これは」

秋良が普段の十倍はウキウキした表情で進に笑いかける。

「いや、どれだけはしゃいでいるでござるかYO!!　秋良DONO!!」

「そういう木林さんもテンションマックスじゃねえかよ」

既に秋良も木林も酔いが回っている状態で、ニコニコ楽しそうに話している。

「秋良殿とチュンリー殿の料理も最高に美味しかったでござるよ」

「おお、サンキュー。いや、猫娘と山太郎の旦那がボーボ・ダンダギーを採ってきてくれたからさ。まあ、いつ見てもシマウマっぽい食材だったけどな」

「いや、ですが私もあの味付けには驚きました」

「俺も一人暮らしとかしてたからさ、料理は出来るのよ。で、レインボースパイスも手に入ったから、どんな味があるのか気になって、パンダの小僧から色々聞いていたんだ。ボーボ・ダンダギーの脂っこさを生かしつつあっさりさせるような調合ってないかな、って。そうしたら白と黒があいそうだなって」

その言葉に普段は料理担当の進が興味深げに頷いてみせる。

「白と黒でしたらクンツ風味付け、元の世界でいうちょっと和風な味付けですね」

「うん、それを、山太郎の旦那と猫娘が調達してくれたガウェインの葉をまぶしてペースト状にしてボーボ・ダンダギーに添えたら、うまくいったって感じかな」

「いや、見事です秋良さん！　また、料理の話もしましょうよ!!」

「あはは。子供達にも教えてあげたいな」

普段、秋良は思ったことを何でも口に出す豪快な性格だと思われがちだが、これで意外とバランス型なところがある。適材適所。誰かがどこかを担当していたら、たとえ自分が同じことを出来るとしても相手に譲り、自分は別に必要な所に行く。それは彼なりの気遣いであり、周りを潤滑にさせることに一役買っているのは言うまでもないだろう。

「まあ、なんにしろ、コリ坊の采配が痛快で良かったってのはあるだろうな」

「まあ、それは確実にそうじゃろうな」

「別に山太郎の旦那には何も言ってねえよ」

そうはいってもコリスは山太郎と同じ棟に住む師弟関係、いや、おじいちゃんと孫の関係である。コリスが褒められて山太郎が嬉しそうな顔をしなかったことなど、今まで一度もなかった。

「いやあ、それにしてもブタサブロウ殿とパンダ殿をペアにするのは、あれは素晴らしかったでござるな！　あれだけ沢山の魚を釣ってくるとは」

「ああ、そうだったな。ありゃあ、なかなか出来ることじゃねえぜ！」

「ああー。あれですかー。いや、あれは実はですね」

木林に言われるやいなや微妙な表情を覗かせた進が、笑いながら裏話を語り出す。

キャンプファイヤーが終わった後、子供達が寝床へ向かう際、進はコリスを呼び止めた。

「今日はありがとうございました。流石はコリスさん。見事な人割、采配でしたね。私もとても勉強させてもらいました。特に、ブタサブロウさんとパンダさんのペア。まさかあんなにうまくいくとは思いませんでした」

「いや、違うリス。あの二匹は他のメンバーを選んだ後に、結局余ったから、とりあえず組ませて釣りをさせてみただけリス」

「え？」

コリスは悪びれる様子もなく、はっきりと白状する。

「余ったからまあいいや。いつも喧嘩ばかりするから、たまには二匹で釣りでもしておけ、って思ったリス。それが、あんなにうまくいくなんて思ってもいなかったリス。大喧嘩して帰ってくると思ったんだリスけどなあ……」

「あは。あはは……」

当てが外れたと、つまらなさそうに前歯を尖らせるコリスを見て、進はしばらく呆然として、その後には笑うしかなかった。

「あっはっは！！！　コリ坊も痛快なこと考えるもんだな！」

「あっぱれでござる!!　あっぱれですぞ」

その話を聞いたおじさん達は大喜び、手を叩いて笑いあうのだった。

「いやー、でもさ。このさ、引率の先生や親の立場って、いつか味わってみたかったんだよな！」

「分かる分かる!!　子供会のキャンプとか修学旅行の先生とかでござりまするなーー」

「それそれー」

秋良と木林はきゃっきゃ言いながら両の人差し指をくっつけ合わせて、息ピッタリである。

「まあ、ワシは実際に自分の子供の子供会キャンプなんかで体験したことがあるが……まあ、何度味わってもこれは楽しいのう！　大体こういうのは大人達だけ後で寿司をとって贅沢したりするもんなんじゃぞ！」

「ええ!?　マジかよ！　知らなかった……」

「子供が寝静まった後に、大人達はそんな最高なことをしていたんでござるな。なんとも大人は、やることが恐ろしい……」

「ふっふっふ」

経験談を自慢する山太郎もやはり楽しそうで、自作したロッキングチェアーに腰かけながら、リラックスした表情でゆらゆらと揺られている。

「何が引率ですかー。滝はおじさん達が見事に暴走して、無理矢理楽しんでいただけじゃないですか」

超ご満悦でご機嫌なおじさん達に対して、カンナが唇を尖らせて文句を言うと、それには申し訳なさそうに進が頭を下げる。

「それに関しては面目ないです。滝があるなんて聞くと、理性を抑えきれませんでした。この島を統率する、島リーダーとしてあるまじき行為です」

「いいんじゃないですか？」

「え？」

カンナの言葉に、進は下げていた頭を思わず上げる。

「子供達、楽しそうでしたよ」

「………そうですか。それならやっぱり今度は子供達も滝に入れてあげた方が」

「違いますます。子供達も滝に入りたいとかじゃなく、ですね。子供達が楽しそうだったのは、それは、皆さんが楽しそうだったから、ですよ」

それを聞いて、秋良がぼんやりと空を見上げながら昔を思い出す。

「そういえば、俺も母ちゃんが楽しそうにしていたら、なんだかホッとしたもんなあ」

「そうじゃなあ。ワシも子供の頃、農作業をする母親が途中で楽しそうに演歌を口ずさむのを聞くのが、楽しかったのう。別にあの頃は演歌が好きでもなかったのに」

カンナの言葉におじさん達は気が付く。

「頑張りすぎてもよくないってことなんでござるね」

「まあ、最初のスタンス通り、楽しみながら、っていうのが俺達にも、チビ達にとっても、最善ってことなんだな」

「そういうことですです」

「じゃあ、明日は朝からビール飲んで家でゴロゴロして過ごすとするかなー」

そう言って地面に寝転ぶ秋良に、最高の笑顔でカンナが答えてくれる。

「うふふ、却下です♪」

35　ようやく会えたぞ、ぶどう島！

その日、進は学校の中で子供達に授業をしていた。

他のおじさん達は各々外に出て釣りや建築等の仕事を行っていた。

そこに、ワープゲートが現れ、その中から一人の男が顔を覗かせる。

「やあやあやあ！　今日はちゃんと人がいるんだな！　よかったよかった!!」

その人物は、胴着を着た、体格の良いおじさんである。身長190センチはあり、山太郎と同じか、或いはそれよりも大きいくらいである。短髪にハチマキを巻いていて、ホリの深いハンサムな顔立ちは、昔の格闘ゲームの主人公といった風貌で、筋骨隆々のその体型に凄みを感じる立ち姿から、一目見て只者ではないことが分かる。

「NPO……って感じとも違うか？　ひょっとして、よその島からの来訪者かな……」

「そういえば、以前黒板に書置きを書かれていったよその島の方がいらっしゃいましたぞ。ほら、拙者達が温泉に入っていた時……」

「ああそうか。進君によると、滝の時にも来ていたようだし。ひょっとしたら、そうかもしれんのう」

「進さんも島リーダーレーダーで既に気が付いていると思うけど……まあ、とりあえず俺達で対応するか」

「ですぞ」

学校に誰かがいると悟らせないように、ゆっくりと秋良はその道着を着た男の視界から建物を隠すように、それとなく移動した。と、同時に木林も同じように秋良の後ろ斜めに陣取る。

「まあ、念のため、だな。ＮＰＯって感じでもねえし、『はたらけ！　おじさんの森』に集められたヤツらなら基本的には害はないだろうけど。万が一ってのがあるからな」

「まったくでござる。とはいっても、あの道着を装備された逞しい男性に拙者も秋良殿も太刀打ち出来るとは思えませんがのｗｗｗ」

「そうじゃのう。あれは相当な手練れじゃぞ」

そこに立っている姿だけで山太郎にはその男の力量が十分に測ることが出来た。そして秋良と木林の行動を見透かすように、道着の男は爽やかな笑顔を見せ、両手を広げて語りかけてきたのだった。

「ん？　そちらの建物に誰かいるのか？　あっはっは大丈夫だぞ‼　俺は君達の同意なくこの島に危害を与えようなんてことは絶対にしないから‼」

「！！？？」

「！！？？」

二人の行動をお見通しとばかりに笑ってみせ、敵意がないことを男は伝える。だが、男の口ぶりに山太郎は妙な違和感を抱いて首を捻（ひね）る。

「彼に敵意がないのは本当のようじゃ。じゃが、『同意なく危害を与えない』という言葉はどうにも引っかかるがのう」

それは即（すなわ）ち、同意があればなんらかの危害を加えることも辞さないという意味なのか。

「いや、ていうかそもそも許可しねえし。どこの世界に自分のシマを荒らすことを承諾するヤツがいるんだよ」

「ござるござる。おかしなことを言ってはいけないでござる」

そうはいっても、万が一があったとしても、剣道でかなりの腕前を持つ山太郎が一緒にいるのだ。秋良も木林も幾分余裕を持って道着の男に対応していた。だが、それもワープゲートの扉から、もう一つの影が姿を見せるまでの間であった。

秋良と木林だけではない。山太郎も、「彼」が現れると、絶句してしまった。

「…………」

「…………」

「…………」

「……秋良君に木林君。これはワシが耄碌しちまっているから、多分勘違いしているのかもしれんがの」

「うん」

「はい」

「今扉からやってきたあの一人、いや、一匹。あ、いや、一頭って……ライオンじゃよな?」

「そう……見えるね」

「で、ござる」

見間違いではなかった。眩い太陽の光を浴び、燦々と輝く黄金の毛並みに、長い鬣。肩に布袋を担いでいる。先にやってきた男よりも遥かに大きなその体躯は、ゆうに2メートルは超えている。

そう、それは明らかに、二足歩行のライオンに間違いなかった。

まさかのライオンの登場に、流石の三人も明らかに狼狽を隠せない。

「あれも、あにまるなんじゃろうな。というかライオンが二足歩行で立つとこんなに恐ろしいんじゃな。はは、ははは」

「確かに『あつまれ！　あにまるの森』にはライオンのキャラクターも登場するでござるが」

「にしても、猫や栗鼠なんか、小さい奴らばかり見慣れていた所為で、ちょっと、ビックリしちまうな」

「せ、拙者、早急に進殿を呼んでくるでござる」

「ああ、頼む。いや、山太郎の棟梁じゃねえけどさ、俺最初、なんだか毛むくじゃらのむさ苦しいおじさんが現れたな、なんて思ったし、どちらかといえばその方がありがたかったんだが。にしてもあれ、でかすぎない？　本物のライオンよりでかいじゃん」

「……ひょっとしたら、子供のあにまるではないかもしれんぞ」

強張った表情のまま、二足歩行のライオンを見つめながらぶつぶつと話していると、道着を着た男が快活に名乗りをあげる。

「ああ、挨拶が遅れてすまない！　俺はぶどう島の石ノ森翔という者だ！　こっちは獅子族のライオネス。この島はおじさん島だとお見受けするが、代表の者はいるか⁉　話がしたい‼」

その名を聞いて、超特急で木林から呼ばれた進が学校の外へやってきて大きく首を縦に振る。

「ああ。ぶどう島さん、ですか。それは明日夢さんから伺っていた名前です」

「進君。知っておるのか？」

「ええ。それじゃあちょっと行ってきますね」

そう言うと、進は臆することなく、大きく手を上げて男に応えた。

「ようこそ石ノ森さん！　私はこのおじさん島の島リーダー、森進と申します！　どうぞよろしくお願いいたします」

「ああ、君が森進君か」

「おや、私のことをご存じで？」

「ああ、フラワー島の森山明日夢君から伺っていてね。現在一位の島だからな。それでやってきたのだ！」

「あ、私も明日夢さんからそちらの島のことを伺っていまして、近くお伺いしようかと思っていたんですよ」

そして進はポケットから名刺を取り出し、石ノ森翔に渡した。

「これはこれは丁寧に。これは俺の名刺だ！」

そうして手渡された名刺には「石ノ森翔（45歳）職業パン屋」と書かれていた。

道着着用のその出で立ちからてっきり「道場経営」などの職業かと思ったが、そうではなかった。

「ブドウ島なんていう、面白い洒落の効いた島名だと思いました。名産は葡萄なんですか？」

「何を言っている！　ブドウ糖とかけているわけでもなく、葡萄でもない。俺達の島の

『ぶどう』と言ったら『武道』だ!!」

翔とライオネスの道着を見て「ああ」と納得する進。だが、後ろで他のおじさん達は当然といった表情である。

「まあ、そりゃあそうかな」

「見たら、分かるわな」

「進殿、天然でござるな」

住民のやわらかいツッコミに対して、ああ、それは失礼と、進は特に気にした様子もなく笑顔で謝罪してから話を進める。

「それで、今日はどのようなご用件で？　ひょっとして、石ノ森さん、以前もこちらを訪れました？」

「ああ、そうなのだ！　二回ほどな！　だが近くに誰もいなかったからな！　申し訳ないが勝手に建物に入って、黒板に書置きを残していってしまった！」

「そうだったんですね。こちらこそ、対応出来ませんで誠に申し訳ありませんでした」

やはりあの時、温泉でパンダが住民になった時に訪れてきたのは翔達だったのだ。

「島リーダーだったら侵入者が分かったはずだが、何をしていたんだ？」

「あはは。いや、気が付いてはいたのですが、随分と離れた場所に皆でいたものでして……。あの、子供もいましたので、動くことも出来ませんで……」

珍しく歯切れ悪く説明をする進。それもそのはず、今の説明は半分嘘である。距離の話は間違いではないが、実際に進は一切動こうともしなかった。進は兎に角あの時はパンダが仲間となったお祝いと共に、温泉とビールを堪能したかったのだ。とも言えないので、進は笑って誤魔化す以外術がなかった。

進が嘘をつくという、珍しい光景を秋良はニヤニヤしながら眺めていた。

「ええと、今日はどういったご用件で？　島の観光でしたらいくらでも案内しますし、同盟でしたらお話次第で決めますが」

「ああ、観光もしてみたいんだが、今日は後者だな」

「同盟ですか？」

それに大きく頷く翔。一つ頷くだけでもブンと風の音が聞こえてきそうな、堂々とした首の動きである。

「ああ。だが簡単に同盟関係になるわけにはいかない。俺達には目的があるんだ！　まずはそれを聞いてくれ！　そしてそれに了承してくれるならその後は正々堂々と戦ってどちらの島がリーダーかを決めよう！　進君。これはお近づきのしるしだ。なんでも小麦粉が欲しいそうだな！」

「ええ、ああ、はい。そうなんですよ」

進が相槌を打つと翔は後ろのライオネスに目配せをする。ライオネスは黙って一歩前に進むと、肩に担いでいた布袋をどさっと地面に置いた。一言も発さない。ただそれだけの行動で、周りのおじさん達は圧倒される。

「持ってきてやった。さあ、受け取るがいい。別にこれは賄賂というわけではないが、俺達の島と仲良くすると、こういったものが手に入るという、まああれだ。プレゼントってやつだ。あっはっはっはっは！！！」

　布袋を握りしめ、進はパッと目を輝かせる。

「ええ!? いいんですか？　小麦粉!!　頂けるんですか？」

「ああ、別の島同士はライバルではあるが、決して敵ではない。それに、ここは一位の島だろう？　こちらも色々と教わりたいこともあるからな」

　進が中を見てみると、紙袋に入れられた小麦粉の他に、パンまで入っているではないか。

「わ！　これはパンじゃないですか？　こちらも頂けるんですか？」

「ああ、そうだ。俺が焼いた！　いや、嘘だ。焼いてないのだ！」

「嘘なのかよ」

「だが、本当にちゃんとした設備があれば焼けるんだぞ。見ての通り、俺はパン屋だからな！　はっはっはっは！！！」

「いや、正直見た目じゃまったく分からなかったから。完全に道着着てんじゃねえかよ。

格闘家とかの方がピンとくるわ。パン屋って……。せめて白いエプロンと長い帽子被ってくんねえと。黒帯の道着なんて、武術家かなんかかと思うじゃねえかよ」

秋良が恐る恐る、小さくだが、言いたいことの全てをツッコむ。こういう時の秋良の臆せずツッコめる勇気、飽くなきツッコミ欲には恐れ入るものである。

「石ノ森さんは、パン屋さんなんですね。となりますと、最初の質問では小麦をお願いしたんですか？」

「いや、俺は元々はパンを願ってしまってね。それがなんと、毎日補充されるパンだったんだ！　だがだ！　だがだ。だよ！　これにはまいった!!　パン屋がパンを願ってしまったら何の意味もないじゃないか。だからさっき君にあげたパンは自動的なパンなんだ。それが、前回のアップデートで小麦ももらえるようになってな！　とはいっても、まだパンを焼くまでには至っていない！　実際に焼くためには色々と必要だからな！」

「ああ。それでよその島を巡っているのですね」

「うん。それがメインではないが、確かにその側面もあるな。だから、そこにいる職人さんとも俺は話がしたいんだよ」

そして、翔は目をキランと光らせて、山太郎の方を一瞥するのであった。

進と翔は笑顔で会話を続けるが、秋良達は後ろのライオンが気になって仕方ない。それに普通に聞き流してしまったが、なんだか物騒なことも笑顔で言っていた気がするのだが。

「……同盟を結ぶなら、戦ってリーダーを決める、って聞こえたけど、俺の聞き間違いだよな？　俺も耄碌しちまったかな」

「いえ、拙者もはっきりそう聞こえましたぞ」

「残念ながら、ワシもじゃよ……」

おじさん島は小麦が欲しい。「そういう意味」での同盟なら、今すぐにでも締結しても何の問題もないのだ。こちらは小麦が手に入るし、あちらには山太郎の技術で、きっとパンを焼く窯を作ってほしいのだろう。

だが、翔の言いぶりにはきっと何かある。

戦々恐々とする三人のおじさんだが口を挟むわけにもいかず、ここは頼れる島リーダーに任せる以外選択肢はなかった。

「あの、ところでそちらの、あにまるさんは？」

そこでようやく進が、他のおじさん達が一番気になっていることを尋ねてくれた。下半身だけ道着を着た威風堂々としたライオンは自分に向けられた視線をものともせず、まさに百獣の王らしく、荘厳に口を開く。

「吾輩はライオネス。誇り高き獅子族だレオン」

「あ、はい。やはりライオンさんなんですね。あの、凄い。迫力が物凄いといいますか

「……」

「そうだろう？　進君。うちの島はね、この獅子族のライオネスに虎族のタイガージェット、狼族のウルフに、ハイエナ族のエナジーと、まあ、とにかくゴリゴリの肉食島なんだよ‼」

「へー、いやはや、物凄い、ですね。それがぶどう島の神様、ご隠居の趣味ってことなんですね」

「その通り。だから俺達おじさん側も、職業は色々だが、格闘技や武道を極めた者が多くてな。進君の言う通り、うちの島の神様のオジキン＝エアーウォーカーはそういう基準で集めたようなのだ」

「オジキン＝エアーウォーカー……。これまた、とんでもねえ名前だな」

隠居になった時は好きな名前をつけられるとおじきちから聞いていたが、流石に好き勝手が過ぎる気がする。

また、それぞれの島の特色やメンバー選抜は隠居と呼ばれる神おじさんに決定権がある。なので、島によってメンバーが偏るのは当然だが、ぶどう島には極端に武闘派が集まりすぎているようにも思える。

「ですが、それほどの条件で、更に苗字が石ノ森さんのおじさんを集めようとは、そのオジキンさんも大変だったでしょう」

「そうなんだ。石ノ森なんて珍しい苗字をよくも四人揃(そろ)えたと思うのだが、実はそう難しいことでもなくてね。何故(なぜ)だか分かるかい？」

「うーん、そうですね。それだけ変わったお名前で考えられるのは、もう、ご家族や親類関係を当たった、ぐらいじゃないですかね」

進がさらっとそう答えると、翔は目を大きく見開き、拍手を送る。

「ブラボー!!　その通りなのだよ進君。そう、俺達の島のおじさんは、全員兄弟か親戚なんだ」

「へー、そういう島もあるんだな。面白いもんだ」

そこでようやく場の空気に慣れてきた秋良が自然と会話に入ってくる。

「更に分かるように、ライオネスも子供ではなく、大人のあにまるなんだ」

やはりそうなのか。大きさと佇(たたず)まいからして、明らかに子供には見えなかったので、それも納得がいった。

「ていうか、これで子供だった方がなんか逆に怖かったよ。大人はどんだけでかいんだって、ね」

これもきっとおじきち達隠居の考えの一つなのだろうか。進達のおじさん島には小学生中学年から少し上のあにまるの子供達が住んでいるが、森山達のフラワー島は中学生ぐらいである。

「他にも小学生より下の子供達や、それこそぶどう島さんのように大人のあにまるさんがいる島があっても、驚きませんよ」

「その通り、赤子だけの島もあるらしいがな！」

「え⁉　マジ⁉　そりゃあ大変じゃねえかよ！」

　赤ん坊だけの島だったら、あにまるの世話だけで一苦労な気がする。こう言ってはなんだが、それだけでハンデではないか。

「まあ、だからそういう島には育児でもらえるノルマスタンプが豊富にあるという風に聞いているぞ！」

「ああ、なるほど。赤ちゃんのお世話をすれば必然的にスタンプが増えるような仕組みなんですね」

　ここで仕組みオタクの進の目が光ったことを秋良は見逃さなかった。

「さて、それじゃあ早速同盟について、話をしましょうか。あ、あそこに座れる場所がある休憩所を兼ねた小屋がありますので、そちらで」

「そうだな。はあああ！　先日来た時も思ったが、流石は一位の島。色んな建物や小屋に、テーブルに椅子まであって、凄いなあ‼　うちはこれでも二位なんだけど、そういう家具的なものにはまったくもって疎くてねえ」

「まあ、実際の『あに森』に於いても、プレイヤーによって楽しみ方は様々ですからね」

そう笑って語り合いながら、皆、並んでいる椅子に腰かける。進の正面に、ライオネスを座らせ、その斜め後ろに座って翔が口を開く。

「さて、じゃあここからは島リーダー同士で話してもらおうかな！」

翔が放つその言葉の違和感に、進は首を傾ける。

「あれ、島リーダー同士、ですか？　ぶどう島の島リーダーは石ノ森さんなんですよね？」

「あはは！　違うよ！」

「え？」

それは明らかにおかしい。ワープゲートでよその島に移動する際には、島リーダーの同行が不可欠である。それなのに彼らはこの島を訪れている。それは即ち。――即ち。

「え？　まさか」

進はそこであることに気が付き、翔の顔とライオネスを交互に見た。すると翔は満面の笑みで頷いてみせる。

「そのまさかさ。島リーダーは俺じゃない。ライオネスなんだ」

36　ぶどう島のリーダーは、あにまる⁉

ぶどう島の島リーダーは、あにまるのライオネス。

それを聞いて、驚きのあまり、秋良が翔に詰問する。

「ええ？　あにまるが島リーダーって出来るの？」

「先入観にとらわれていてはダメだぞ秋良君。勿論（もちろん）、隠居の姿は見えないし、自分の腕に押されたスタンプも分からないのだが、あにまるがやってはいけない、というルールはどこにもなかっただろう？」

「それは確かに。そう言われれば……え？　そうだったの？　書いてないだけで、誰もそんなこと考えつかないって思ってたんじゃねえの？　…………ルールの穴っていうかさ……誰も考えつかないってだけで……」

よく見ると、ライオネスの腕には筋肉質でムキムキな笑顔のおじさんの顔のスタンプが無数に押されている。きっとこれがぶどう島の隠居、オジキン＝エアーウォーカーなのだろう。

「……いやあ、こりゃあ見えてなくてよかったかもしれねえな。このライオンの大将、こんなの見たらブチ切れるんじゃねえの」

「はっはっは！　ライオネスはそんなに器の小さな漢ではないさ、俺を倒した漢だぞ」

「いや、あんたと初めて会ったのもついさっきだから、そう言われてもしらんがな、だし。ピンとこねえよ」

　とは言ったものの、翔の体格は素人目でも分かるほど鍛えられていて、達人であることが窺える。秋良が十人いて束になってかかっても到底敵わないだろう。

　ぶどう島では、一体どういった経緯で島リーダーが決まったというのだろうか。さっきも戦う、なんて物騒な言葉が飛び出したから、まさかとは思うが普通に格闘したのではなかろうか。まさか、ライオン相手に？

　そんな秋良の複雑な表情を読み取ると、翔は爽やかな笑みを浮かべて、道着の上着をめくって腹部を覗かせた。

「秋良君よ、この傷を見てほしい」

「え？　これは？」

「島に来た当初、ライオネスと戦った時に出来た傷さ」

　そこには、大きな肉食獣に襲われたような、生々しく斜めに裂けた傷があった。進や木林もそれを見て、顔をしかめる。

「……ちなみに吾輩にもあるレオン」

よく見ると、ライオネスの胸にも、大きな十字傷が出来ているではないか。

「まさか、この傷が……」

「ああ、いや。この傷は吾輩（わがはい）があにまるコロシアムの王者戦の決勝でパンサー族と戦った時に出来た名誉の傷だったレオン。ショウとの闘いで出来た傷はこっちだレオン」

見ると、ライオネスの腰あたりにちょこんとした斜めの傷がついている。

「いや、まあ、人間がライオンにこれだけの傷をつけるだけでもたいしたもんだけどね」

「そうだろうそうだろう!!」

翔が満足そうに何度も頷（うなず）くので、秋良達も気にせずに話を進める。

「ええと……なに？　じゃあそのぶどう島では、おじさんとあにまるで、殺し合いでもしたの？」

「殺し合いじゃあない。仕合（しあい）さ。俺達の島ではこのゲームが開始されてから、まず全員で戦った。そこから……全てが始まったのさ」

翔の言葉に対してうむ、と誇らしげにライオネスも頷く。その様子をおじさん島の面々は唖然（あぜん）として見つめることしか出来なかった。

「なんか、物語のジャンルが違う感じじゃのう……」

「こっちはほのぼの無人島スローライフなのに、よその島じゃ世紀末格闘伝説みたいな殺伐としたことが行われていたなんて……」

あにまるの子供達ときゃっきゃと愉快に楽しく暮らしていた自分達を恥ずかしく思い、何故かもじもじしてしまうおじさん島のおじさん達。だが、その様子を見て翔は豪快に、男らしく笑い飛ばす。

「がっはっは!!　いやいや、こちらの島だって同じように楽しくやらせてもらっているさ。隠居達の決めたルール『命の危険は伴わない』には抵触してないしな」

「いや、あんな当たり所が悪かったら即死してそうな傷見せられて命の危険はないって言われてもなあ………俺なら百パー死んでるし」

ドン引き状態のおじさん達にはどこ吹く風で、翔はぶどう島のあゆみを語り始める。

「最初はそれこそ血で血を洗うバトルロイヤルだった。無人島生活なんてやわなものじゃない。やるかやられるかのサバイバル。俺達はおじさんとあにまる。いや、気が付けばそんな括りすら関係ない、おじさんVSおじさん。あにまるVSあにまるなんかも、至る所でマッチメイクしだしていたんだ」

「なんで？　そこはなんで？　馬鹿なの？　おじさん側は兄弟とか親戚なんだろう？」

思わず入れる秋良の辛辣なツッコミに対しても不快な表情を一切見せずに笑って翔は答えてくれる。

「うちの島はね、秋良君。そういったしがらみをまず一切こそぎ落としたんだよ」

「こそぎ落とした？」

「そう、スタートの時点で、全ての地位もステータスも、種族も捨てた。人間やあにまるなんて関係ない。全員がその島では一匹のオスとなり、ナンバーワンを決めることにしたんだ。つまり、その時には既に気が付いていたのさ。俺達はおじさんやあにまるなんていう、陳腐な垣根など、とうに飛び越えていたって。世界が違おうが種族が違おうが関係ない。オスであることに、嘘はつけない」

　堂々とそう語る翔の横で腕を組んだライオネスが更に力を強めてうんうんと感慨深く頷く。命を懸け合って拳を交えた二人だけの絆のようなものが垣間見え、彼らには彼らの世界があるのだろうことが窺えたが、まあ、なんだか理解出来なかった。

「結果は素晴らしいですが、その過程が殴り合いなので、ちょっと何言っているのか分からない状態ではありますぞ」

　それでも正直に難癖をつける木林に対して、翔は大きな両手を広げて愉快痛快にニカッと笑う。

「いいかい木林さん。ここはあにまるワールドだぜ？　動物の世界は弱肉強食。つまり、一番強いヤツが勝ち、一番偉いってことだ。俺達の島はいたってシンプルなんだよ」

「ふむ。おじさんもあにまるさんも子供ではないぶどう島は、まずそこから始めなければ、そもそも、関係性を築くことが出来なかった、ということですね」

「その通りだ進君。流石だぞ!!　理解が早くて感謝する!!　どこの島もこの話を理解させるまでにかなり時間を要するんだ‼　みんな完全にドン引きな顔をするからね。スローライフものに格闘漫画が参戦してきやがった、みたいな顔をされるんだ。その点、君は察しが良い！！！」

　自分の価値観だけでなく、俯瞰的に物事を見ることが出来る。翔はやはりこの森進という人物がこの島のキーマンであることを深く悟った。

「俺は弟と甥、そして従兄も倒した。気が付くとあにまる側の勝者も決まっていた。そう、それがライオネスだ」

　偶然か、はたまた必然か。その島ではおじさん側の代表ＶＳあにまる側の代表が最終的に戦うことになっていた。

「それから俺は丸一日、拳と拳を重ねて語り合った。その時には既にライオネスは俺達を『わかもの』の手先だとも思っていなかったし、俺達もあにまるを知性のない野蛮な化物だなんて、感じてもいなかった。完全にお互いを理解していたわけで、すっかりと誤解は解けていたけど、それでも戦うことを止めることは出来なかった。誰が一番強いかを確かめない限り、俺達の島生活は始まらない。そのことを理解していたんだ。そして、俺は負け、結果、ライオネスが島リーダーとなったってわけだ」

　最後に立っていた勝者はライオネスだったが、彼は極限状態で戦い、空腹に満ちていた。そんな獅子族に翔はあるものを分け与えた。

「地面に倒れて激しく息を吐いているライオネスに、俺はギフトとしてこの世界に持ち込んできていたアンパンを与えた」

「その美味しさに触れて、吾輩達は盟友となったレオン」

「ライオンが、アンパンで仲間になるなんて、まるでアンパンガイみたいですね」

進が思わず呟くと、翔は嬉しそうに顔を輝かせる。

「ああ、俺はアンパンガイに憧れてパン屋になったからな！」

「へえ。アンパンガイに憧れてパン屋になる人がいるんだな」

「それはそうだろう！『ＭＥＮＭＡ』に憧れて忍者になる者もいれば『ニャンピース』に憧れて海賊になる者も、『呪術白書』に憧れて呪術師や霊界ハンターになる者も『シテイハンター』に憧れて新宿のスイーパーになる者だっているんだからな‼」

「忍者も海賊も呪術師に霊界ハンターも新宿のスイーパーもいないよ。せめて『プラムタンク』に憧れてバスケ選手や『キャプテン司』に憧れてサッカー選手になったヤツとか引き合いに出せよ」

国民的有名アニメ『いけいけ！　アンパンガイ』。

顔は普通の青年だが、体内にアンパンが組み込まれていて、お腹を空かせているものがいると、皮膚を突き破り、体内に詰め込まれた無数のアンパンを苦痛と共に差し出すという、愛と哀の二律背反を併せ持つダークヒーローである。

翔が『はたらけ！　おじさんの森』の冒頭で入力したのは当然「パン」で、アップデートのお陰で小麦が手に入ったのだという。

なんというか、パンが毎日手に入るのなら逆に小麦が手に入ってもダウングレードのような気がする秋良だったが、それに関しても進が理解を示して発言をする。

「パンといっても、石ノ森さんが焼いたパンとは違うものだったのかもしれませんね。小麦がありますと一から焼くことが出来ますし、この島の食材を使ったパンなんかも作れますからね」

「そういうことだ。まさにその通りなのだ。流石は進君。俺の島に来ないか。ああそれと俺のことは翔と呼んでくれて構わないぞ」

「そうだな。そして吾輩と手合わせをするがよいレオン、ススムよ」

ぐいぐいと距離を詰め、清々しいまでにスカウトしてくる。この短時間で超強面の二人(一人と一頭)にモテモテの進であった。

「じゃが、実際にパンを焼くとなると、窯が必要じゃないかのう？」

「おお！　作れるのか？　山太郎さん」

「左官職人は別で雇っておったから生業ではないが、出来なくはないかもしれんのう」

「おお！　それは頼もしい！」

同じく経営者で武道を嗜む山太郎は、翔の豪快さと率直な交渉術を見て、好感を覚えていた。

小麦粉の礼として山太郎がぶどう島に窯を作るのも問題ない。それにはやはり一日では難しく、何日もぶどう島を訪れるにはワープゲートではスタンプの消費が激しいので、同盟を組む必要がある。そうなると、条件が大事である。ぶどう島の方針がどうで、これからこのゲームをどうプレイしていくのか等を話さなくてはならない。

「さて、お互いのメリットなんかは言い合っても多分、沢山あるんだが。ここから本題だ」

「本題、ですか？」

「言ったろ？　俺達の島のリーダーはライオネスだ。ライオネスには、やりたいことがあるんだ」

「単刀直入に言う。ちなみにこの島だけではない。吾輩達は全ての島を回るつもりだレオン」

「……お聞きしましょう」

進がライオネスに尋ねると、彼は本当に、単刀直入に目的を告げた。

「吾輩達は、このあにまるワールドを解放しようと思っているレオン」

「このあにまるワールドは、わかものという存在に支配されている。あにまる達は自由を

奪われ、彼らから労働力として使役されているんだ。つまり、奴隷となんら変わらない処遇を受けているレオン」

そう語るライオネスの表情に一つの感情が宿る。嫌悪である。彼はわかもの達を嫌悪している。ライオネスに続き、翔が口を開く。

「俺はライオネスからこの世界の事情を聞いた。何故、彼らが俺達を恐れ、襲いかかってきたのか、話を聞いて納得した。俺達と同じ人間の、わかものが彼らを長く支配してきた所為だったんだ」

翔の言葉を引き継ぎ、ライオネスが語る。

「吾輩達はずっとわかものに支配され、わかものの世界で生きてきた。それが当たり前だったレオン。吾輩は施設を出たらすぐにあにまるコロシアムの闘技場に送られて、あにまるの同胞と戦わされ、わかものの見世物にされてきた。勿論、このままでは済まさない。獅子族の同胞らと共にわかものに反旗を翻す機会を窺っていた。次の地区の闘技場への輸送中に一緒に運ばれていたあにまると協力して船を破壊して、そして、一つの島に流れ着いた。そこにはわかものを老けさせた生物、そう、ショウ達がいたのだ。ショウ達と戦い、話してみると、彼らはわかものとは違った。まったく違った価値観を持っているではないかレオン。だから、共にこの世界であにまるを救ってほしいと協力を仰いだのだレオン」

ライオネスの横で胸を張る翔。彼らの信頼関係は強固である。

「ああ、ところで皆は、わかもののことは知っているか？　このあにまるワールドには、あにまるを支配する、若い時までしか生きられない『わかもの』がいるんだが……」

「……いや、知っているも、なにも、のう」

「そうでござるな。島にやってきましたし……」

「ていうか進さんは既にわかものをボコボコにしてるし、戦線布告しているからな」

「な！！！？？？」

「なんと!!」

両手を頭に回して自慢げに放つ秋良の言葉にライオネスも翔も驚愕を隠せない。この島に来て初めてそんな表情をさせることが出来て、秋良は満足そうに笑った。

「いや、あれは売り言葉に買い言葉といいますか……。まあ、若気の至りといいますか」

「いや、あんたおじさんじゃねえかよ」

進自身も今の話のように、あにまるを救い出す宣言をしていたとは。ライオネスも翔もいたく感銘を受ける。

「そうか。進君は、いや、この島は一足早く、既にわかものと対峙したことがあるのか。それなら更に心強いぞ！　進君。俺達の島と同盟を組もう。そして、わかものを撃破して、あにまるの世界を取り戻すんだ」

「なんと豪気なのだレオン‼　そんな風貌には見えないが、見事だススム。がっはっはっはっは！！！　さあ、吾輩と手合わせ願おうではないか！！！！」

テンション爆上がりの二人（一人と一頭）に誘われ、進はやれやれと困った表情を見せる。

「まあ、ぶどう島はそういう目的なんですね。同盟を組むならその計画にも協力するということが条件、ということ。そして、そのイニシアチブをとるというのが、手合わせ、戦って決めるということになるわけなんですね」

「その通りだレオン‼　吾輩達の島は今までそうやってきた。もう吾輩達の島と同盟関係にあるのは三つの島だ」

「そんなに……」

だが、本当にそれだけの島が彼らの計画に乗るというのだろうか。それは言葉でいうよりも確実に危険と隣り合わせである。どんな計画かはまだ詳しく聞いていないが、それにしてもこれはゲームの趣旨から外れて、あにまるワールド自体を変えてしまう、根底が崩れてしまうような提案ではないか。その疑問を正直に秋良がぶつける。

「あんたらが脳みそに筋肉詰まっているような島なのは分かったぜ。だけど、どうしたらそんな考えに乗るっていうんだ？　あんまり言いたくはねえけど、あんたら他の島を無理矢理力ずくでいうこと聞かせたりしてんじゃねえだろうな……」

値踏みするような視線の秋良。その意見に怒りも見せず、翔が答える。

「秋良君の意見は当然だな。だが先に言っただろう？　俺達は同意がなければ危害を与えない。同意の上で戦って、相手を倒して、同盟の優位に立ったんだ」

「だから、どうやって同意を得たんだって話だよ？　どこもかしこも武闘派の島なわけねえだろう？　今のまま、のんびり島ライフを送りたい奴らだっていたはずだ」

「秋良君も鋭いな。気に入ったよ。まあ、そこが気になるよな。俺達のやり方に相手が乗ってきたのには、ちゃんと理由があるんだ」

「理由？」

「そう。俺達には情報がある。その情報で交渉したんだ。ライオネスをはじめ、俺達の島にいるあにまるは皆大人だ。この世界の知識は、子供達が大半のよその島よりも優れている。なんせ、俺達の島のあにまるにはメインランドで働いていた者もいるんだからな」

「なるほど。それはそうか」

それはかなり優位な状態である。

「ちなみに虎族のタイガージェットなんかはわかもの達の中枢、管理タワーの副室長兼監視長をやっていたんだぞ」

それが何かはよく分からないが、他のあにまるの子供達はそもそもわかものがあまりいない離島の施設でわかもの教育を受けていたという。それに比べると数十倍の知識と情報をぶどう島のあにまる達が保持しているということは想像に難くない。

「確かに、それだけわかものの中心都市での情報があれば武器になるわな。だけど、そんなあにまるが、一体なんでこのゲームに参加するようになったんだよ」

「それは……完全に脱走だレオン」

「脱走⁉　やべえな。そういえばさっきも闘技場への輸送中に脱走したって言ってたな」

彼らは一切嘘をつかない。駆け引きすらしない。包み隠さずライオネスは真実を述べる。

「これも俺達の島の特徴なんだが、わかものの支配から抜け出したあにまる達がこぞって集まってきているんだ」

「……なんとまあ、やっぱりジャンルが違うでござる」

説明を聞けば聞くほど、ぶどう島だけが特殊な環境であった。そこで一つの仮説が浮かび、秋良が首を傾げる。

「んだ？　ひょっとしてこのぶどう島ってのがおじきち達の一番メインの島なんじゃねえか。要は主人公的な……」

「いや、それはどうでしょうかね。それぞれなんだとは思いますよ。それぞれのご隠居がそれぞれの意見をぶつけ合う場としても『はたらけ！　おじさんの森』は機能しているみたいでして」

進はそれを少し前から気が付いていた。ぶどう島はその名の通り、かなり武闘派寄り、改革サイドな面子(メンツ)が集められている島であり、その島それぞれの、特色なのだ。

「ライオネスから聞いた情報だと、あにまるワールドの文化は発展しているようで、本土に行けばコンクリートや鉄骨組の建築や、お洒落(しゃれ)な服や洋裁の技術にショップやブランド等もあるそうだ」

その言葉に敏感に反応するのは山太郎と秋良だ。

「本当か？ それならコンクリートや、工事車両等、そのあたりの資材を調達出来るぞい。建築関係が潤うきっかけにもなるのう」

「まあ、確かに店があると、発展させやすいわな」

それだけではない。もう一人が何に食いつくかも、翔はしっかりと調査済みである。

「そして、メインランドに行くと、ゲームもあるそうだぞ」

「あにまるはやったことがないがな。だが、ゲーム産業はあにまるワールドでもかなり重要なもので、あにまるの中でも知識と技術のある猿族なんかが従事している仕事であるレオン」

それに反応するのは、当然木林である。

「ややややや！！ やはりあにまるワールドにゲームがあるでござるか。うむ。どんなゲームがあるか、触れてみたいでござるなあ。うわあ！ わかものの支配からあにまるを解放すれば、それが全部手に入るのでござるか」

のんびりと無人島生活を楽しめるのも初めの数ヶ月くらいである。おじさん達は現代社会で便利な機械や店、文化やエンタメを経験してきている。

それをわかものが牛耳っていると聞けば、欲しくなるものだ。

更にはあにまるの解放という、これ以上ない大義名分もあり、それを提案してくる者達のリーダーがあの百獣の王のライオンだなんて、こんな劇的なことはない。のんびりスローライフが戦略型アクションRPGに姿を変えるとなると、漢としては胸がうずいて仕方がないだろう。ストーリーの主軸は、虐げられているあにまる達の解放、そのための革命である。

それは流石のおじさん島のおじさん達とて、同じことであった。そもそも彼らもこの世界の在り方は間違っていると、心の底から感じていた。あにまる達を救えるものなら救ってあげたい。更に、それを成し遂げた後に文明というご褒美が待っているのだ。その思想に、理想に乗っかってみたくなるのが男の、いや、おじさんの性である。

「まあ、確かに俺ももっと良い服買ったり、車乗ったり映画観たりしてえもんな」

「拙者はとにかく、ゲームが気になるでござる。ゲームさえあれば、生きていけるでござる」

「私はやはりこの島にそれらの技術や文化を届けたいですね。そのためにわかものさんの本土に行くのも悪くないです」

「進君は確かに前も言っておったな。それはワシも同じで、工事車両や資材を調達して、この島に沢山頑丈な建物や橋なんかのインフラを整備したいっていうのはあるなあ」

進までもが目を輝かせてわかものの文化に夢を馳（は）せている。完全に気持ちが革命に傾いているのが窺（うかが）える。このまま無事に交渉が成立しそうで、翔もライオネスも満足げだ。

「うむ、全住民がそれを望んでいるではないか。これは決まりだなレオン」

「よし！　それではとりあえずどちらの島が優位とするかを対決で決めようではないか！　相手は進君か？　それとも山太郎さん？　この島で格段に強そうなオーラを纏（まと）っているのはその二人だからな‼」

翔がそのまま話を進めようとするが、進はニコニコ笑いながら首を振って、キッパリと断りを入れる。

「いえ、それは私達が決めることではありませんから」

「は？」

進達が決めることではない。すると、秋良山太郎木林も笑っていた。そう、確かに誰もが己（おのれ）の欲望を引きずり出されているが、全員達観したように笑っているのだ。

「……まあ、確かにのう」

「……拙者（せっしゃ）達の希望でどうこう出来ることではないでござる」

「……間違いなくな」

彼らが何を言っているのか、ライオネスには意味が分からない。大きく鬣（たてがみ）を傾（かし）げているその姿を見てクスリと笑い、進が答える。

「全住民と仰いましたね。それは違います。他の住民なら、まだいますよ」

「なんだと？」

「ぶどう島さんが弱肉強食で、力が強い者が決定権を持つのでしたら、うちはうちで、絶対的決定権が存在するのです」

「それはなんだ？　知力か？　それとも、財をなした者？　どちらにせよ進君が決めるのだろうが」

翔が言う言葉を首を振って否定して、進はこう答えた。

「この島での決定権。大切なことは、子供達が決めます」

◇　◇

それから翔とライオネスは子供達が自習をしている学校の中へと招き入れられた。

一度は不法に侵入したことがある二人（一人と一頭）だが、今更ながらその精巧な造りに驚愕していた。

「見てみるんだショウ。きっちりと密閉された壁があり、屋根も均等な角度で材木が入れられているレオン」

「そうだな！　よその島にも家を建てている所はあったけど、やはりここが一番精度が高い。ちなみに俺達のぶどう島は木の枝を組み合わせた、ようやく雨風を凌げるか凌げないかくらいの簡易小屋しかないぞ！」

「いや、だからそれで何で二位なんだよ。偉そうに言うことじゃないよ」

秋良がきっちりと丁寧にツッコミを入れると、親切に翔は答えてくれる。

「基本的にスタンプは『岩を砕く』で5オジがもらえるからな。それの繰り返しだ。修行にもなるし一石二鳥。食べ物も俺のギフトのパンか、ライオネス達が獲ってくる魚の繰り返しだからな!!」

「うおお……。あんたらマジで原作ゲーム知ってんのかよ？　よく知らない俺でももうちょっとマシなプレイするぞ」

ごりごりの武闘派とはいえ、ちゃんと職業料理人（パン屋）がいるはずなのに、そんな民度の低い環境でよくここまでやってきたものである。

「ま、まあ『あに森』でも島の発展よりも魚や虫のコレクションだけを重点的にやられる方もいらっしゃいますからね……」

そう、ぶどう島に理解を示す進だが、流石に表情は引きつっている。それもそうだ。進にとって、島の発展、文化の繁栄こそ全てなのだ。ただ食べて住めて戦うことが出来ればいいという彼らの考え方はかなりのカルチャーショックであろう。

教室にやってきた翔とライオネスを見た子供達の反応は様々であった。

「にゃー。新しいおじさんネコ⁉」

「うおおおお！　あれって獅子族（しぞく）じゃねえかよ！　滅茶苦茶格好良いブタ！」

「獅子族って、雀（すずめ）族をとって食べるって噂（うわさ）の……怖いでスズメ」

「お、おお、大きすぎるリス。僕の数倍大きくて、怖くて、睨（にら）まれただけで、身体が動かないリス……」

だが、逆に何よりも驚いた反応を見せたのは、部屋に入ってきたライオネスであった。

パンダの姿を見ると、机を越える跳躍を見せ、目の前に跪（ひざまず）いたのだ。

「驚いたレオン。まさかパンダ様がいらっしゃるとは……」

「……獅子族か。ようやく我の前に姿を現したなパンダ」

「まさかこんな所でお会い出来ますとは。同胞（どうほう）のライオットから伝え聞いておりましたが、パンダ様を逃亡させるために用意した船が消息を絶ったと聞いた時、もうこの世界は終わりだと、革命軍同志共々絶望しましたでレオン」

「まあ、なんとかこの島に漂着したのだが、まさか隠居が訳の分からない計画を始めているとはなパンダ」

「それと我々の計画はまた違うものでしてレオン」

「そうだろうな。お主達（ぬしたち）が企（くわだ）てたのは歴（れっき）としたクーデターだパンダ。だが結局それも失敗に終わったのか、お主もこの計画の一部として機能しているようではないかパンダ」

「は。その通りです」

「どうやら隠居の誰かが我々の計画もずっと見張っていたようだパンダな」

「話を聞くとそのようで。吾輩には見えない隠居とうちの島民のショウに仲介してもらって話をしたところ、それならこのゲームの設定を通じて自らの望むように行動してみろと。それで吾輩自ら島リーダーの座を勝ち取り、今様々な島を巡りあにまる解放戦線の仲間を増やしていたところですレオン」

「ほう！　あにまるが島リーダーとは！　流石はあにまるコロシアムのナンバーワン、獅子族一の戦闘力を持つライオネスだ。見事だパンダ」

「お褒めの言葉を頂き、恐悦至極レオン‼」

いつの間にか二頭の会話は盛り上がっていた。どうやらパンダとライオネスは直接の面識こそはなくても、わかもの支配下でもお互いの行動を把握する同志だったようである。

あんまりパンダが偉そうに、更にはあれだけ強そうなライオネスが傅いていることが気に食わない秋良は、聞こえよがしな声で皮肉を言う。

「ふん、なにやら随分とへりくだっちゃってるけどよライオネスの大将。このパンダ小僧は、とっくにこのおじさん島の住民になってんだからな」

「パ⁉　アキラ、貴様。余計なことを‼」

「！！？？？　なんですと⁉　パンダ様、この島の住人になられたのですかレオン？　王様ではなく⁉」

孤高の存在であるパンダが一つの島の住民になったことは驚愕の事態だった。凄くバツが悪そうなパンダを見てブタサブロウ達もニヤニヤと笑っている。

「まさか、オンセンが気持ち良すぎてうっかり住人になってしまったなんて、言えないブタよな」

「こら豚族！　それを言うでないパンダ」

「オンセン⁉　オンセンですとおお？　オンセンとはなんだ⁉　オンセンで住民になってしまったとは。どういう意味レオン！　それは一体どんな拷問なんでしょうレオン」

「……いや、ライオネス。お主も少し落ち着けパンダ」

あにまるを統べるパンダをも陥落させたその、謎の「オンセン」の脅威に震えるライオネスを見て思い出す。そうだ、獅子族は風貌こそどっしりと構えてはいるのだが派生は猫族と同じ。一度狼狽えるとなかなか落ち着かず、収まらない特性なのだ。

それと同時に、パンダは教室内の雰囲気を感じ取り、ライオネスを落ち着けるため、少し小声でこう告げる。

「……今日のところはお主は帰った方がいいかもしれんぞパンダ」

「え⁉　何故です。パンダ様の所在が分かり、更にはこの島の住民となっている。ならばなんとしてもこの島を手中に収めることが先決。早くススムと決闘して、この島を手中に収めねばレオン!!」

「いや、それも結局この島の同意がなくては駄目なのだろうパンダ？」

「当然ですレオン。島を襲って従わせるなんて、わかものと変わらないですレオン」

「まあ、そもそもこの『はたらけ！　おじさんの森』自体もそういったルールで維持されているだろうからな。いわば、小さなあにまるワールドというわけだパンダ。それを破ろうとすると隠居達の力が働いて、ゲームの庇護からはじき出されてしまうだろうパンダ」

「流石はパンダ様。全てお見通しでレオン」

「まあ、我を賞賛するのはもっともっとふんだんにやってもらって構わないのだがパンダ。今我が言っているのは、今日のところは引き下がった方が身のためだと……」

「え⁉　何故です。パンダ様の所在が分かった今、次はなんとしてもこの島を手中に収めることが先決レオン。早くススムと決闘して、この島を手中に!!」

「いや、だから、それにしてももう時間も時間だパンダ。もうすぐ日が暮れる。そうなるとどのみちワープゲートの効果も切れて強制退去パンダ」

「いやいやいや。パンダ様を連れ戻すのは今日が良いレオン。ススムと決闘して、この島を手中に収め、パンダ様も取り戻すレオン」

「いや、だからススムをあまり舐めない方が良いパンダ。物理的な戦闘力も実際かなりあるが、それだけではない。大方この教室に連れてこられたのもあいつの口車だろう？　人の好さそうな笑顔に、飄々とした立ち振る舞い。舐めていたら獅子族なんぞ、簡単に踊らされるぞパンダ」

「まあまあ！　それも全て決闘すれば決着がつくレオン！　この島を手中に収め、早速にもパンダ様を取り戻す所存……」

「いやお主まったく融通利かないな！　手中手中うるさいパンダ‼」

まったく自分の意見を曲げないライオネスに、とうとうパンダがキレて怒りを爆発させる。獅子族は落ち着きがなくなるし、よくも悪くも自分の意志を簡単には曲げない。これだといくら話をしてもきりがないのでパンダはライオネスの後ろにいる翔に話しかける。

「おい、ライオネスと同じ島のニンゲン‼　お主も言ってくれ。ライオネスに今日のところは引き下がった方がいいと。それが身のためだとな！」

「……いやいや、パンダ君。君はとてもしっかりしているんだな。まだ若いパンダだというのに、見上げたものだよ。だけどね、鉄は熱いうちに打て。思い立ったが吉日などと、言うじゃないか。ここで君とライオネスが会ったのも何かの縁だ。早いうちに俺達は共闘して、明日にでも打倒わかものの狼煙を上げた方が良いに決まっている。対立するのは今日で終わりだああ！！！」

まったく答えになっていない翔の答えを聞いて、パンダは大きなため息を吐く。

「……お主達の島からは頭が筋肉だけのバカしか来ていないのかパンダ？　ちょっと、ぶどう島、バランス感覚なくない？　なんでお前ら二人（一人と一頭）で来たんだパンダ。もうちょっと頭の切れる、策士みたいなヤツいないのかパンダ？」

パンダは呆れかえってしまった。力だけでなんとかなると考えているのなら、進に、この島に太刀打ち出来るわけもない。

「ライオネスよ、ちょっと言ってみろ。お主達の島は、他に何族がいるパンダ？」

「は！　虎族がいますレオン」

「虎族は駄目パンダ。獅子族より能天気な上に頭が悪いから。他は？」

「狼族ですレオン」

「うーん。狼族は、賢いは賢いけど、基本的には自分の種族のことと縄張りしか考えないからなあパンダ。あにまる全体、この世界全体の見通しは悪いパンダ。最後は？」

「最後は、ハイエナ族レオン」

「却下パンダ。その中では一番頭が切れるのはハイエナ族だけど、ダーティーな方にばっかり切れるから何も信用出来ないパンダ。種族同士でも裏切ったり裏切られたりの穢れた種族ではないかパンダ」

そんな謀略家がやってきてこの島に危害でも加えようものなら、絶対に進が許しておくはずもない。もう少しクリーンな策略家がいればまだ渡り合えたに違いないのだが。

「確かにハイエナ族のエナジーは性根の底から汚いダーティーなヤツだもんな。俺達おじさん組もあいつから何度腐った実や毒入りキノコを差し入れされて気を失ったか」

「ニンゲンも簡単にあやつらを信じるんじゃないよパンダ。ピュアなのか？　もっと、梟族とかさ、猿族とかさー。なんなんだその島の隠居。ちょっと好みでメンバー集めすぎだろうパンダ。まあ、確かにこの島もお人よしばかり集めているけど、それでも能力的なものだとちゃんとバランスがとれているパンダ。それが、筋力全フリとは……。一体どんな隠居なのだ？　皇子筋肉之進とかいう奴パンダ？」

「オジキン＝エアーウォーカーという隠居ですレオン」

「もっとひどい名前だったパンダ！」

そもそも隠居ネームは好きにつけられる名前なので、適当につける者が大半である。わかものからしてみれば、人生が終わってから自分でつける皮肉な戒名のようなものなのだろう。

「ニンゲン側には賢い者はいないパンダ？」

「俺達か？　うーん。俺達石ノ森一族は昔から武闘派で通っているからな。四人いるが、まあ一番賢いのは、高卒だけど経営者もやっていた俺だな!!」

「もうお前ら帰れ！！！！　話にならん。二度と来るなパンダ！」

怒りと呆れに満ちたパンダの怒号が、教室内に響き渡るのだった。

あにまるの王様であるパンダに叱られて少し落ち込んでしまったライオネスに、ブタサブロウが話しかける。

「ていうか、なんで獅子族とかがこの島にやってきたブタ？」

「それは決まっているレオン。あにまるをわかものから解放するためだレオン」

「………え？」

「か、解放、ブタ？」

何の躊躇いもなく発せられたその言葉を聞いて、子供達に動揺が走る。と、同時に翔とライオネスの身体が徐々に半透明になっていく。ワープゾーンの時間切れの合図だ。

「あ、悪い、もう時間がないみたいレオン」

「時間切れみたいだね。また来るよ、進君、島の皆」

それから少しの伝言を残した後、翔とライオネスの姿は消え去った。はあ、と大きくため息を吐くパンダ。

「なんと中途半端な……だから、早く帰れって言ったんだパンダ」

中途半端な情報だけ並べて混乱させて、消えてしまう。解放と聞かされて、ざわざわと色めき立つ子供達を宥めているうちに、その日は夜となった。

37　ぶどう島との同盟、そして……からあげ

その日の夜に行われたおじさん会議のテーマであるが、当然、メインの議題はぶどう島に関してである。

「さて、翔さんにライオネスさんですが、どう思われました？」

「まあ、パンダの小僧も言っていたけど、確かにあんな感じの面子（メンツ）を集めたら、そうなるわな、っていう島だよな」

秋良が身も蓋（ふた）もない言い方をするが、その意見には皆反論なく同意のようで、うんうんと大きく頷（うなず）く。

「アップデートによって生まれた同盟システムが分水嶺（ぶんすいれい）じゃったのかもしれんのう。競い合うはずの島同士が同盟を組むことで、わかもの達に対抗できる一大勢力となるわけじゃな。まあ、どこか一つの島ぐらいそういった反勢力な所が生まれるかもとは思っておったが、ああも分かりやすい者達というのも、笑いごとではないが、漫画みたいじゃったな」

「まさに、戦術シミュレーションの世界でござるなあ。こうなるとゲームが変わってしまうでござる。ですが、それってこのゲームのコンセプトに則（のっと）っているのでござるかね？

無人島フリーライフが主軸でしたら、ちょっとプレイコンセプトがぶれて一体どのユーザー向けなのかが分からなくなってしまうでござる」

流石はゲームプログラマー。着眼点が他のおじさんとはまた違っていた。この世界も、自分達が巻き込まれている計画もゲームである、という根底を譲ろうとはしない。それに関してはカンナも思うところはあるのだが、一応は管理人としての範囲でぶどう島を肯定する。

「自由度の高い、何をやって楽しむのも自由なゲーム、と考えますと、おかしくはないんです。なんだかんだ言ってもゲームの中のルールに抵触はしていませんので」

「同盟して、仲良くお互いの島を行ったり来たりして、島生活を謳歌するのもありで、その同盟でどんどん戦闘力を高めていってわかものを撃破するっていうのも自由、ってことか。ただし、これはぶどう島のあにまるの年齢が高いってのも関係あるけどな。あれで幼いあにまるばかりで、おじさんが主導権握っていたんなら、俺は許せなかったけどよ」

いつも秋良は子供達のことを考えていた。だが、今回ぶどう島のライオネスは子供ではない。というよりかライオネス自身が島リーダーで、あにまるの意志におじさん達が従っている形となっているのだ。

「いや、これ、カンナに言ってもあれだけど、俺が恐ろしいのはこれがマルチエンディングじゃなくて、一つ筋の決められたラインだったら、ってところだなあ」

それは進も危惧していた。全ての島は自分達が主人公と思ってプレイをしているのだが、実際のところは彼ら、ぶどう島がこのゲームを考えた隠居達の本筋であり、ライオネスや石ノ森翔達が「主人公」なのではないか、ということである。

「これはおじきちさんの話を聞くのが一番なのでしょうけれど」

そう進が話に出すと、珍しくすぐに焚火の前におじきちが姿を現す。

「オジキンの島おじね」

「その、オジキン＝エアーウォーカーってふざけた名前の奴。どういう奴なの？　いや、ふざけた野郎ってのはもう分かってんだけどね絶対」

「筋肉モリモリの隠居おじ」

「だろうね」

「オジキンさんは、わかものの時からそういう感じだったんですか？」

「そうおじね。キンタローとは学校が同じだったからよく一緒に遊んだりしていたけど、自分の身体を鍛えるのが好きな、ちょっと変わったわかものだったおじ。あ、キンタローっていうのはオジキンのわかものの時の名前おじ」

珍しくわかもの時代の話をするおじきちに、進がここぞとばかりに質問をする。

「そういえば、わかものの時の名前と、隠居の時の名前があるんですよね。それって絶対なんですか？」

「絶対おじ。新しい名前にしないと、そもそも隠居になれないおじ。わかものは隠居になりたくないから、なれないって言い方もおかしいおじけど。いわば強制的に新しい名前をつけさせられるおじ」

「そうなんだな。おじきちは皇子吉右衛門(おうじきちえもん)っていうんだろう？　わかものの時の名前はなんだったんだ？」

「僕は元々キチエモンだったおじ」

その答えに、木林が首を傾(かし)げる。

「？　あれ？　おかしいんじゃないでござるか？」

「そうじゃぞ。名前を変えないといけないのに、そのままでいいのか？」

ああ、とおじきちは片手をふるふる振ると更に説明を続けた。

「名前は一緒だけどおじ、苗字(みょうじ)を変えたんだおじ。元々はモリキチエモンだったんだおじ」

「モリ？　俺達と同じじゃねえかよ」

「そうおじ。とはいってもわかものの苗字は全て『モリ』だから、基本的には名前でしか呼び合わないんだおじ」

「…………」

ひょっとすると今、おじきちはこの世界に於(お)いての、かなり核心的な話をしているのかもしれない。元々、おじきちは言い忘れが多いだけで、物事を隠そうとはしない。あにまるを救うために、平和な生活のモデルとして『おじ森』プロジェクトを行っているとも正直に伝えているぐらいだ。

「この世界のわかものの苗字(みょうじ)が全員『モリ』で、俺達、現実から集められたおじさん達も全員『森』がつく。これって、絶対に偶然じゃないよな?」

カンナは初めの説明で、おじきちが記号として、森を集めたと言っていた。『はたらけ! おじさんの森』だから、森なのだ、と。元々が現実味皆無のツッコミどころ満載のふざけた異世界召喚であったため、進達もなんとなくそれぐらいで解釈していたのだが、ひょっとするとそれよりももっと深い理由がありそうである。これも、おじきちは誤魔化(ごまか)すことなく素直に答えを教えてくれる。

「うん。正直にいうと『森』がつかないとあにまるワールドに呼べないことになっているんだおじ」

それを「世界とのやくそく」と呼んでいるとおじきちは語る。

「え? マジ。じゃあそれこそなんで木林さんは!?」

「木林さんは『木林』で、森に見えるからってことですか?」

「大林さんは駄目ってこと?」

「オオバヤシは駄目おじ。オオバヤシはオオバヤシだから」

「だからなんなんだよ。お前の匙加減次第じゃねえかよ！」

「何故か、という説明を短くするなら、これも『やくそく』に縛られているというしかないおじ。ずっと前にこの世界にやってきたわかもの自体にその『やくそく』が施されていて、それを今回僕達隠居が無理矢理利用したというわけだおじ」

「？？？　よく分かんねえけど」

「ふむ。拙者はなんとなくわかったでござる」

「すげえな木林さん！　わかんの!?　今ので!?」

山太郎もちんぷんかんぷんといった表情で、進は目を閉じて頭で整理をしているようである。だが、今回の話の本質から少しずれていると感じた進は、議題を本線に戻すことを優先した。

「おじきちさん達は『森』で『おじさん』という条件、『やくそく』に沿ったメンバーを探して、このゲームに参加させたんですよね？」

「その通りおじ」

「その『やくそく』の中で、更にそれぞれの隠居さんの希望に沿った面子を集めたと？」

「その通りおじ」

おじきちは進達のような「お人よし」を、ぶどう島は兎に角「武闘派」を。そこには当然、隠居の意志がある。

それがあるから、今日のような出来事が起きたわけである。

「あにまるの生活優先の島。わかものへの反抗を目的とする島……。つまるところ、このゲームの中での島争いっていうのは、その隠居達の意志や方向性を決定づける『代理戦』ってわけなんだな」

「大雑把にいうと、間違っていないおじ。まあ、勿論どこの島もそうだけど、僕は皆に『この世界をどうしたい』というのは伝えていないおじ。それこそ『やくそく』に違反することだからおじ」

「まあ、確かにその通り、っつうか、本当にお前は何も言わないからね！　同盟からアップデートから何から何まで。俺は全部根に持ってんからね！　絶対その『やくそく』に触れない範囲でも言ってないことだらけですから――――！！」

今までの色々が積み重なり火のついた秋良をまあまあと宥めながら、進が話を引き継ぐ。

「あくまでおじきちさんは、おじきちさんの理想の島、ひいては理想の世界に合ったおじさんの『森』を集めただけですね。確かに一切の思想の押し付けや誘導はされていません。それがルール。それでいいますと隠居さん達の視点から見ますと、このゲームはなんでしょう。神目線で世界を再生する、そんな感じなんでしょうか？」

「ああ、あったねそういうゲーム。雨や雷とか、自然的なものを弄って、後は勝手に人が増えたり村が出来たりするヤツ。ていうか、完全に神視点のゲームを神がやっているだけじゃん」

「そうですが、その神様にも、人々が行きついてほしいゴールがあると思うんです。ただし彼らが出来るのは『スタート』時点での人員配置、自分の理想に合った『森』選び。後は神様同士で変更や追加をするゲーム内ルールによって、どれだけ最終目標に近づけるか、ということですね」

勿論(もちろん)、スタンプや報酬など、大きな要因もあるが、それをどう利用するかも基本的にはプレイヤーに委ねられている。

「ゲーム性に関してはただ、これは別に『あに森』を参考にしただけで、絶対ではないおじ。だからぶどう島のように格闘ものにしてもよくて、キバヤシが言ったような戦術シミュレーションとしても、ルール違反とはならないおじ」

「意志、意見を操ったりはしてはいけない、押し付けてはいけない。ですが、選別の際には各々(おのおの)の隠居さん達の好み、というか、方向性に近い方をスカウトされてはいるみたいですね」

「その通りおじ。僕の島は結構バランスもよく、それでいて、それぞれに専門で秀でたおじさんが多いおじ」

「なるほどな。フラワー島は花屋や農家が多い。つまり、普通に綺麗(きれい)な島づくりを考えられてってことなんだな。今日のぶどう島はいわずもがな戦闘力に全振りだろう。とにかく。それは偶然そうなったってわけじゃないってこった。この二つの島は固まっていて、逆に俺達の島は四人のおじさんそれぞれが個性がばらけている感はあるよな」

「これが持ち味」という、その島を一言で表す言葉がないのが、おじさん島だと秋良は分析したわけだが、それを山太郎がすぐに否定する。

「いやいや、秋良君のお陰でうちの島の特産は既にあるじゃろう。よその島には絶対にない、最高至高の飲料水が！！！」

「そうそう、ビールですぞ‼」

「あはは……」

それはまた偶然にシンボルとなってしまったわけだが。それでも間違ってはいないのかもしれない。

「まあ、にしても大体のルールは分かったけどよ。あのライオンの武闘派島に関しては、どうするよ、実際問題」

「一方的に襲って占領する、ということを彼らはやっていませんからね。条件を提示し、交換して、相手も了解を得て、手合わせをしている」

「それなら、それに応じなければいい、ってわけだな」

「まあ、簡単にいえばそうじゃな」

イニシアチブを与えない。おじさん島はおじさん島で今まで通りプレイして、子供達を導いていく。勿論、子供達の意見も聞いた上で、ではあるが。

「それこそ、ワシ達の勝手な私利私欲で決めていい同盟ではないのう」

「そうでござる」

冷静さを取り戻し、対策もほぼ決定して、少し安心したおじさん達だったが、ここで進が静かに口を開いた。

「……ただし、ここで問題が生じるのです」

神妙な顔でそう切り出すので、秋良達も真剣に次の言葉を待つ。

「もう既に、小麦粉を頂いてしまったということです」

「いや、返せばいいじゃねえかよ。うふふ」

何の問題があるんだと、秋良は笑って一瞬で返答するが、進の顔は晴れない。

「いや、それがいいですかねえ。いえ、ですが、小麦粉があってですね、明日夢さん達の島で作っていただいた油もありますし、そして鶏肉の代替品というべきマンヌカンもあるわけで、ほら、これでですね……出来るんですよ。念願の……からあげが、作れるんですよ」

「いや、あはは。我慢すればいいじゃねえか。うふふ」

「……我慢出来ます？」

「…………いや、出来るだろうよ。俺達、子供じゃねえんだからさ」

代替品という存在がある。それは進達の世界の食材等と同じ役割を果たす木の実や山菜があにまるワールドに存在して、それを調理することで「代替品発見ボーナス」として、スタンプまでもらえる仕様となっているのだ。その代表といえるのが鶏肉の代替のマンヌカンである。

進はマンヌカンに小麦粉をたっぷりとまぶし始める。

「そうでござるぞ。拙者達（せっしゃたち）は大人でござる。うふふ」

「そうじゃそうじゃ。からあげなんぞにこの島の、いや、ひいては世界の平和を左右されるものか。うふふふふ」

余裕たっぷりの三人に、淡々と作業をしている進はこう告げる。

「……もう、小麦粉をまぶしてしまいました」

「……ああ、まあ、まぶしてしまったものは仕方ないけどな」

「そうじゃそうじゃ、そうなると話は別じゃけどなあ。どれ……」

そう会話をしながら、山太郎は慣れた手つきで砂浜に火をおこし、木林は焚火（たきび）の上に鍋を置き、秋良はフラワー島で作った菜種油（なたねゆ）をドボドボと注ぐ。

そして最終確認を、進はとる。

「……いいんですか？」

「いや、いいも何も、進さんがマンヌカンに小麦粉をまぶしちまったからには、なあ」

「そうでござる。まぶしたからには、ねえ」

「まぶしたから、のう」

「…………」

そして、進は小麦粉をまぶしたマンヌカンを、鍋の中に投入する。

ジュワアアアアアアアアアアアアアアアアア、という油と小麦粉が絡み合い輪舞を踊る音が、島に鳴り響いた。

「…………」

「…………」

「…………」

「…………」

その香ばしい音と、弾かれるように鍋から飛び散る油のスプラッシュに、おじさん達は沈黙し、目を釘付け（くぎづ）にされた。

「ま、まあ、あれじゃん。別に同盟を結んでなくても、普通に貿易というか、物々交換なんかは、明日夢さんの島なんかともやってきたじゃん。だから、それと同じで、ビールと交換したりさ」

「いえ、それが今日、翔さんに聞いてみたところ、ぶどう島のおじさん達は全員下戸（げこ）だぞうで、お酒を飲まないみたいなんです」

「あ、そう……」

「それはまた、もったいないのう……」

「ござる」

そんな会話をしながらも全員の目は煌々と飛沫を立てる鍋を一点集中で見つめている。キツネ色になり、頃合いになった実を進は菜箸で摘むと、大皿の上に置いていった。

「からあげが、出来てしまいましたが……」

「そりゃあ、出来たからには」

「食べるしか、ないわけじゃが。捨てるわけにもいくまい。折角作ったものを、のう。もったいない」

「ござるー」

まるで、2月14日にチョコに興味がない素振りを見せる下駄箱の前の男子のようなおじさん四人。特に感情を入れることなく、香ばしい匂いを放つその物体に、箸をつける。

「冷めないうちに、食べますかね」

「……だな」

どれ、と一口放り込んだ。

「…………………………！！！！！？？？？？」

「…………うわあああ！！！！！！！！」

「うまあああ！！！！！」

「最高に、うまいでござるぞおお！！！！！」

　到底、我慢出来なかった。感動の味わいを得たおじさん達は雄たけびをあげる。サクッとした衣(ころも)の爽快な感触。そして、噛(か)んだ先に口の中に広がるそのジューシーで、マグマのように熱い肉汁と肉の旨味(うまみ)。それはまさに正真正銘のからあげ。現代が誇る最高のグルメ。ＫＡＲＡＡＧＥであった。

　はふほふとむさぼりながら、おじさん達から感激の声が次々と届けられる。

「え？　これ、普通に日本のからあげ超えてない？　ヘルシーさというか、カラッと加減も最高だし。そして中はジュージューで肉汁、じゃねえけど、実の旨味が弾けて、最高に美味(うま)いじゃん」

「いや、秋良君の言う通りじゃぞ。全て秋良君の言う通りじゃ。元々マンヌカンは鳥肉的な味わいがあったがやはりどこかさっぱりとしたものがあった。そのさっぱり具合が最高に生かされておるではないか。ワシみたいな年寄りでもこれならあと十個、いや百個はペロリと食べられるわい」

「凄すぎでござる。揚げたてでも美味しいでござるけど、この味わいならきっと少し冷めてもマンヌカンの実本来の柔軟性のお陰で硬くならずに、いつどこでも美味しく頂けそうでござる。つまり拙者が何を言いたいかというと、お弁当なんかに入れても最高にいける、ということでござる」

まさに現実とあにまるワールドのハイブリッド。それほどにこのからあげの代替品は美味しかった。そこへ、カラカラとカンナの鐘が鳴る。

「おめでとうございます。代替品『からあげ』のスタンプゲットですです♪」

進の手にスタンプが押されるが、それも気にしないでおじさん達はがつがつ、はふほふと、からあげをむさぼる。

そして、それぞれが二つずつ食べた後、誰ともいわず、だが、最高のタイミングで提案が発せられる。

「び、び、び、び、ビール飲もうぜ」

「よくぞ言った!!」

「絶対にそれでござるぞ!! 秋良殿、拙者もまさに今、まったく同じことを思っていたでござる。拙者達、気が合うでござる!!」

「これは、絶対にビールですよ。みなさん!!!」

嬉々として光る目をお互いに合わせて溢れる思いを確認した後、秋良の手からビールが渡される。これも誰も合図を出したわけでもないがほぼ同時に蓋が開けられ、四つの缶からプシュウという音色のハーモニーが奏でられる。そして、その後には、グビグビ、という喉が奏でる大合唱である。進と秋良がテノール、木林と山太郎がバスで、見事な旋律が砂浜に響き渡る。

ガツガツとからあげを食べ、その後にグビグビとビールを飲む。

「………………ぐ………!!………ぐわあああああああああああああああああああああ………………なんだ、この美味さは！！！！！　やばい！！！　ヤバすぎる！！！　この破壊力っていったら……ないぜ！！！　こんなのって、ないぜ！！！！」

「野球中継!!　誰か、野球中継をやっておらんのか！」

「拙者も、ニヤニヤ動画を!!　ニヤニヤ動画を視聴しながらこれを食べたいでござるぞ!!」

その懐かしい味とビールのセットが紐づけされて、彼らは思い思いの表現で、悲鳴に近い歓声をあげながら、からあげとビールを堪能し尽くした。

「いやー、あっという間にたいらげてしまったぞ」

「おかわりは？」

「もう、頂いていた小麦粉がなくなってしまいました」

「ええ、小麦粉はどこにあんのよ？　また頂こうよ」

「だから、ぶどう島さんですって」

「…………」

「…………」

「…………」

それからしばらく、数分間、黙ったまま、お互いに顔を見合わせるおじさん達。だが、その間に四人の気持ちは決まっていた。

代表して、遠い目をしながら秋良が口を開く。

「……ぶどう島と、同盟結ぶしか、ないか」

おじさんとは愚かな生き物である。過ちと分かっていても、誤らずにはいられない、愚かで、愛(いと)しい存在。それがおじさん。

彼らの意志はもう決定的に決まっていた。からあげのために、なんとしてもぶどう島と同盟を結ばなくてはならない。

SUPER BEER
SUPER BEER
SUPER BEER

ぶどう島特有の物資、小麦粉を使ってからあげを揚げてしまったおじさん達は、なんとしてでも同盟関係を得ることが必要となった。

「そうなったらどうなるってこと？　あいつらの要求通り、とりあえず戦って勝つしかねえの？」

「ですが、あれだけの体格にライオネス殿の獅子の体躯。バトルでここまで他の島を傘下にしてきた島に、勝てるのでしょうか」

木林の言っていることはもっともである。山太郎や進の実力は分かっているが、それでもどうやったら獅子族に勝てるのか、想像もつかない。

「というか、あいつらの要望がどうというかさ。実際皆はどう思う？」

「どう思うとは、どういうことじゃ？」

「ぶどう島の考え方だよ。あにまるを解放させるって……それに関して賛成か反対か」

それを聞かれて、山太郎は腕を組んだまま、正直に答える。

「そりゃああにまるをわかものから解放するっていうのは、賛成じゃがな。この世界の在り方そのものがワシは間違っていると思うからの」

「まあ、山太郎の旦那はあいつらの言っていた建築資材や文化なんかに気持ちが行っちまっているっていうのもあるかもしれねえけどな」

「こら、真面目な話をしている時に茶化すではない。それとこれとはまったく関係ない話ではないか！」

　憤慨する山太郎を宥めながら、そこに木林が神妙な顔で口を挟む。

「まあまあ。ですが、ライオネス殿はわかもの達の本土、メインランドにかなり詳しいようでござるからな」

　言い訳でも詭弁でもなく、本土の知識を得る必要があるのは確かなのだ。それは、島の外で何かを目指すとしても、島に残って安全に暮らすにしても、である。おじきち達隠居の張った結界があるにしても、それでも外のことを知っておくことは、防衛、防犯、防災のためにも必要なことであった。シェルターが安全だからといって、極端な話、外が退廃してしまっていては元も子もない。

「なので、子供達が知っているあにまるさんだけでなく、それこそレジスタンスや反抗勢力などの事情が詳しく分かれば、ぶどう島さんとの同盟は、かなり有益ということにはなりますね」

「まあ、それを知らない限り、どうしようもないということでもあるのう」

「そうだな。あにまる革命軍が少数だったらそもそも話にならねえし」

「だけど、それを判断するのも子供達に任せていいものか、ですぞ……」

いつになく真剣に考え込むおじさん達に、進が微笑んで一つの提案をする。

「では、直接聞いてみたらいいんじゃないでしょうか」

そう言って進が後ろを振り向くと、砂浜にネコミと、パンダが立っていた。

「猫娘にパンダ小僧じゃないか」

ネコミは猫の絵が沢山描かれた可愛らしいパジャマを着て、先端にもふもふのついた小人が被るような帽子をのっけていて、パンダは上下白色のパジャマを着ていた。

「いや、お前、日常生活は全裸なのになんで寝る時だけパジャマ着てんだよ。あべこべじゃねえか」

「また、今日は随分長く会議をしているな、と思ってなパンダ。まあ、昼間のことがあったら無理もないパンダが」

「無視かよ。今日の俺のツッコミスルー率高くね？」

秋良がおどけたように両手を広げるが、進がクスリと笑うだけである。

「ネコミさん、パンダさん。今日のぶどう島のライオネスさんの話をどう思いましたか？」

「あの、獅子族のライオネスが、あにまるを解放するって聞いて、ちょっとびっくりしちゃったネコ。だけど、ネコミにとっては今の生活も夢みたいで、そんなこと考えたこともなかったネコ」

　それは確かにそうである。ネコミ達にとって、進達と暮らすこの島での生活は、既にわかもの達から解放されているようなものだからである。

「パンダの小僧はどう思うんだよ？」

「我か？　我は元々があにまるワールドを統べる者であったし、そのためにわかものは排除せねばならん。そういう考え方だからのう。別に今更何かを言われたところであまり変わりはないパンダ」

　それも確かな意見であると、進は頷く。

「それにパンダ族はわかものをこの世界に呼んだという負い目があるからのう」

「ていうか、そのわかものを呼んだっていうのは一体全体どういうことなんだよ？」

「それは、我にもよく分からんのだがパンダ。パンダ族だけが設定を操ることが出来る中枢機関というものがあってな」

「ふむふむ」

「そこで我々は願ったそうなのだ。あにまるをサポートする存在をこの世界に寄越してほしい、と」

「ほう」

　その話に興味を抱き、身を乗り出したのは木林である。

「パンダ族の願いは聞き入れられ、そうしてこの世界にあにまる以外の『ニンゲン』がやってきたのだ」

「ふうむ。まさにアップデートみたい、でござるな」

「確かに。そんな感じだな」

あにまるワールドに何故かわかものがやってきて、支配を始めたのか。それはあにまるにとっては辛い過去に違いないだろうが、それでもパンダはおじさん島の住民になり、心を許したからなのか、包み隠さずに話してくれる。

「だけど、実際にそのわかもの達からあにまるが、凄い危害とか、度を過ぎた迫害っていうのは起きていないのは何でなんだろう」

「ああ、それも『やくそく』があるからパンダ」

「『やくそく』？　それはさっき、おじきちも言っていたっけ？」

「それって、詳しく今度歴史の授業か何かでやってもらっていいでしょうか？　パンダさん」

「構わんが……支配の観念を植え付けられたあにまるに、理解出来るとは思えないパンダが」

「大丈夫です。この島の、いや、この世界のあにまるさん達は全員知識や経験に飢えています。きっと、どんなことでもすぐに学んで、理解しようとしてくれます」

それが今、おじさん島に必要なことなのです、と進はパンダに笑うと、パンダは顔をそらして進と交渉する。

「あにまる語の授業に加えて、歴史となると、更に報酬のポテチを増やしてもらうことになるぞパンダ……」

「あはは。当然、用意しましょう」

「それなら、やってやってもいいパンダ」

とっくにパンダ使いがうまくなった進に、パンダも妙な反発すらしなくなっていた。

子供達の意見、子供達の未来のことを考えても、まだまだ知らないことが多すぎる。パンダからあにまるワールドの歴史を学び、またぶどう島のあにまるからも、メインランドの現状を聞くことは、かなり重要なことに違いない。

「五日後にまた来る。それまでによく考えるがいいレオン」

帰り際に、ライオネスはこう言い残していった。

「五日か。その猶予で話し合えってのか！」

脅し文句ととらえた秋良が言い返すとそれには翔が首を横に振って笑顔で答える。

「いや、シンプルにスタンプが足りないだけさ！　だから、明日からまた岩砕きをしてワープゲートと交換するためのスタンプをためる！　その五日間だよ！」

「いやいや、何かもっと良いアイテムと交換しろよーー!!　生活リズムとかさ、そういうのに合ったスタンプ報酬がきっとあると思うからさ、もっと考えて」

「山太郎さんとはまた話がしたいな！　パンを焼くためには窯が必要なんだ！　あなたには窯造りをお願いしたい!!」

「いや、ちゃんと俺の話を聞けや!!」

秋良の相手を思いやる優しさの混じったツッコミも完全にスルーされて、彼らはおじさん島を去っていった。

「まあ、ぶどう島さんと同盟するにしても普通の交易関係だけに留まるにしても、とりあえず、イニシアチブさえ取れたらいいんですよね」

「いや進さん。それはまあ、そうだけどさ……どうすんの？」

「とてもシンプルで、全て解決出来る案があるのですが」

「なになに、そういうのあるなら早く言ってよ」

分かりやすく食いついてくる秋良の問いかけに進はいつもの優しい笑みを浮かべると、こう答えた。

「はい、私が勝てば、何の問題もないかと」

38　フラワー島に遊びに行こう！（前編）

　おじさん島とフラワー島、この二つの島が同盟関係になってしばらく経ったある日、フラワー島に遊びに行くことになった。今まではワープゲートを50オジスタンプで交換して二人が夕方まで来訪出来る条件だったが、門をくぐるだけで、何人でも、時間制限もなく自由に行き来出来るようになって、本当に簡単になったものだ。

　同盟調印式がおじさん島で行われた流れで、フラワー島のおじさん達と子供達はおじさん島を訪れて、そのまま釣りや温泉を堪能することになったが、逆におじさん島でフラワー島を知っているのは数人だったので、それならと、今回はフラワー島来訪ツアーとして、招待を受けたのだった。

「フラワー島、めちゃんこ綺麗ネコ!!　お花が沢山あって、最高ネコ!!」

　マヴダチゲートをくぐって、まず最初に広がるのはフラワー島自慢の花畑である。小高い丘一面に敷き詰められた花の絨毯の壮観たる景色は、言葉を失うほどである。

「最高の位置にゲートを設置されましたね。フラワー島さんの一番の特色である、この花畑が眼前に広がるロケーションは、素敵すぎます！」

そう言って進が手放しで褒めると、フラワー島の島リーダー、明日夢は眼鏡を光らせて喜びを表現する。

「まあ、僕達の島は花と、良さんの野菜で生計を立てていますからね。綺麗に島を飾り付けるのと同時にスタンプも手に入りますから、一石二鳥ですよ」

「私達の島でも明日夢さんから頂いた花の種で花壇なんかは作っていますけど、規模が違いますね。下世話な話、これだけの花を育てるとなりますと、かなりスタンプがゲット出来るのではないでしょうか？」

「実際、僕達の世界の花を育てるのとあにまるワールドの花を育てるのは、どちらも基本的に1オジですね」

「そうですよね」

普通に考えるとあまり効率の良いスタンプの稼ぎ方ではないのだが、明日夢が花の種をゲーム始まりの際の「無人島に持っていくなら？」という問いかけで願ったお陰で、数を稼ぐことが出来たのだ。

「更にはアップデートで花の種のもらえる数と品種も増えましたから、増産あるのみです。あと、良い土壌を見つける能力、というか、勘みたいなものももらったみたいで、かなり良い感じですよ。まあ、進さんもご存じの通り、元々この世界の植物や花っていうのは凄いスピードで成長するから、スタンプ集めに向いていないことはないんですよ」

「はあ、それはまた良いアップデートを頂きましたね」

「そして、多分これもアップデートだと思うんですが、今では僕達の世界とあにまるワールドの世界の花の交配も可能になってきていまして。なんと交配成功のボーナスは20オジもあるんですよね。20オジを20輪咲かせたら、それだけで400オジですからね。ビジネスとしても大成功ですよ」

「確かにそれは凄いですね。ですけど、それって、可能なんですか？」

　あにまるワールドに生息する植物はかなり独特である。だが、よく見るときちんと共通点があるのだと、明日夢は説明してくれる。

「確かに見た目としては、虹色だったり真ピンクを更にピンクで塗りたくったりとか、奇抜な花が多いですけどね。ですが、よく葉や茎（くき）を見てみると、現実の草花と同じように、特徴で分類出来たんです。あ、この子はバラ科っぽいな、とか。この子はユリ科、キク科、ラン科、ナデシコ科、アヤメ科、みたいにですね。似た科同士の交配を試してみたら、見事成功したんですよ」

「素晴らしい。それはやっぱり元々花屋だった明日夢さんでしか不可能だったでしょうね」

「ふふふ。ありがとうございます。ほら、魚も色が奇抜だったり少し違いますけど、基本的には僕達が知っている魚と同じだったりするでしょう。そんな風に、この世界と僕達の元いた世界はどこかしら繋（つな）がっているということを僕は確信しました」

「そうですか。素晴らしいですね。あの、明日夢さん、それって今度うちの島の学校で、理科の授業としてやってもらって構わないでしょうか？」

「あはは。勿論（もちろん）ですよ。喜んで授業させていただきます」

最近の進の口癖は「授業で教えられます？」「それ、授業でやってもらえます？」である。学校が建ち、子供達に学習させるようになってからというもの、現実世界、あにまるワールドと、世界は関係なく知識をしっかりと子供達に教えようという熱意に溢（あふ）れている。早速何日後の何時間目の枠に入ってもらえるかどうか等、スケジュール帳を取り出して調整を始めたのだった。

おじさん島の住民のおじさんやあにまる達はそんな進の様子をいつものことと静観しているが、ブーメランパンツ一丁のフラワー島のおじさん、力は笑って感心しながら自身をアピールする。

「あっはっは!! よし、それじゃあ俺もおじさん島の子供達に授業をしてやろう!!」

「あ、力さんの授業は当面結構です。ああ、これは別に力さんの職業であるボディービルダーを軽く見ているわけではなく、ですね。ただ、今の段階のあにまるの子供達にボディービルを教えてもまだ何のことか意味が分からないかと思いまして。現段階、彼らに学んでほしいのはこの島で、そして、この世界でどう生きるかが優先でして。国語やあにまる語、歴史などはパンダさんに教えてもらい、算数や建築は秋良さんや山太郎さんに担当してもらっているのですが、今回、フラワー島の方々にはまず明日夢さんから植物の生態、仕組みをしっかりと授業してもらいたいのです。私達が暮らしている島には沢山の木々や実、植物が生息しています。生態系や構造を一から学ぶことにより、世界の植物への理解度、世界の解像度が一気に上がると思うんです。それは良さんから農業を学ぶ際にも同じでして、良さんには実習として実際に子供達や私達に農業を教えてほしいと思っています。島生活に於(お)いて、短期間であれば勿論(もちろん)、元々自生する実や山菜等で食料をまかなうのは当然だと思いますが、長いスパンになってくると必要になってくるのがやはり自給自足なのです。原始時代、初めは狩猟民族だった私達の祖先が、自分達で作物を育て、それを生活の礎(いしずえ)にし、農耕民族となったのと同じく、農業はこの世界に欠かせません。はじめは良さんが持ってきてくださったじゃがいもやニンジン、玉ねぎなどを育てて、その後はやはりこの世界の作物を収穫するところまでやってみたいですね。その知識と経験があれば、子供達はどこへ行っても生活することが出来ます。そして、観測員でした博昭さんからは島の地形や、地形からの距離の測り方、ゆくゆくは地図の作り方を子供達に教えてほしいのです。地図は社会の授業でも子供達に描いてもらっていたのですが、博昭さんが教えてくれるのでしたら、更に深く、専門的な知識を持って自分の暮らしている島の情報を管理することが可能です。これに木林さんのプログラミング、データーベースの授業を掛け合わせれば、島を安全に把握、管理が可能となるのです。本当にフラワー島さんと同盟させていただいて感謝しています。こちらも当然そちらの利となるように山太郎さんの建築技術や秋良さんのビール等で協力させていただきたいと思いますので、今後とも長いお付き合いのほどを何とぞ宜しくお願い致します。なので、大変申し訳ないのですが、とりあえずの優先順位としまして、そちらから進めていこうかと思っている次第でございます。勿論、世の中には様々な考えや嗜好の方がいて、それに準じた様々な職業がある、という多様性を教えるのは当然大事なことではあるので、ゆくゆくは体育の授業などで力さんのボディービルの知識を指南していただくことになると思いますので、どうぞその際には子供達を宜しくお願いしますね」

「凄い理詰めで断られちゃった‼　雰囲気で一蹴されるより、理詰めでしっかり断られる方がダメージでかいからやめて‼　とんでもなく長い台詞で断られちゃったじゃないか。それならズバッと『子供達の教育上よくないのでお断りします』って言って‼　そっちの方が全然気持ち良いからさ」

おじさん達が授業の話をしている時、ネコミ、チュンリー、ウマコのあにまる女子ズ達はお花畑をキラキラした瞳で見つめ、楽しそうに会話をしている。

「うわあ本当に綺麗でスズメ」

「ネコミもお花大好きだから、こんなに沢山お花があると嬉しいネコ。フラワー島は凄いネコ」

「ネコミちゃん、お花の髪飾りをつけているウマ。それ、とてもよく似合っているウマ」

「そうネコ！　これはネコミが……ネコミが……あれ？　誰からもらったんだっけ？」

そう言っておどけて首を傾げるネコミ。この髪飾りは、確かに誰かからもらった気がしたのだが、よく思い出せない。

「まあいいや。そのピンク色のお花も綺麗だし、紫色も頭につけてみたいネコ」

「あとでアスムに頼んでみるね。いくつか持って帰ってもらいたいウマ」

「嬉しいネコ!!」

優しいお姉さんのウマコに飛びついて喜ぶネコミ。ウマコも可愛い妹が出来たみたいでとても嬉しそうである。

「……フラワー島は、お花だらけで綺麗で、ポテトチップスになるじゃがいももあるし、島全体もせいけつだし、言うことないネコ。おじさん達がちょっときしょいくらいだネコ」

「フフッ」

ネコミの率直な言いぐさに、ウマコは思わず噴き出してしまう。

「まあ、確かにこの島のおじさん達は妙に回りくどいというか、あまり干渉しないというか、何をやるにしてもあんまり直接的に動かないウマ。釣り竿やライターが欲しかったらいつの間にか家の前に置かれていたりして、無償で勝手に支給されるなんていう嘘までついて私達に与えてくれて。まあ、つまり……」

「きしょいけど、凄く良いおじさん達ネコ！！！」

「その通り！！！　嬉しいウマ‼」

ウマコは別にフォローをするつもりはなかったが、気が付くと口を開いていて、フラワー島のおじさん達を援護する言葉を発していた。そして、それに対してすぐにネコミが理解してくれたことが嬉しくて、ギュッと抱きしめるのだった。

力との話が一段落した進に、羊族のヒツジロウと麒麟族のリンタロウが話しかけてくる。

「ススム。僕達最近ではナタネに力を入れているヒツジ！　僕はアスムからナタネ担当をさせてもらっているヒツジ」

「僕も種子の火入れや圧搾機での油の抽出が凄く上手に出来るようになったキリン」

「ああ、ヒツジロウさんにリンタロウさん。本当にありがとうございます。皆さんのお陰でスタンプを使わずに油を生産出来るようになって、凄く助かっています。毎日の料理に油は欠かせませんからね。それに、これから私達の食卓に並びだす、からあげにとっても、ですね」

揚げ物を島生活に。それがぶどう島と同盟を結ぼうとしている一番の理由でもある。きっと明日夢達もおじさん島とぶどう島との同盟に関しては気になっているのだろうが、そこは彼らは大人で、あまり直接的にどうなっているのか、聞いてはこない。

「アスム達が言っていたけど、油を作ったら、それだけでスタンプがもらえるって。うちの島はナタネを育てることと油を作ることでスタンプをもらえて、更にアキラのビールやヤマタロウの建築技術とかも報酬としてもらって、何ひとつ損はせずにただただ得だけしているってヒツジ」

「あはは。それは得といいますか、ヒツジロウさんやリンタロウさんが菜の花を育て、菜種を収穫し、選別、圧搾等、様々な作業をしていただいてますよね。それには手間暇と時間がかかっているわけです。スタンプは勿論、それに見合ったお礼を私達の島はフラワー島さんに差し上げないといけません」

「そうそう、それをロウドウへのタイカというブタ」

突然、胸を張って進達の間に入ってきたブタサブロウが、誇らしげに言う。

「ロウドウへのタイカ、キリン？」

「そう！　それを俺はススムの社会の授業で教えてもらったんだブタ。ヒツジロウ達も学校に来て、一緒に授業を受けたらいいと思うブタ」

「行きたいヒツジ！　授業を受けたいヒツジ！」

「是非です。フラワー島にも学校を作って、お互いの島を行き来してもいいですね。ね、明日夢さん？」

「ああ、確かに、それは楽しいかもしれません。そうなると、やはり山太郎さんのお力が……」

「勿論（もちろん）、そこはお任せください」

「あの……俺の、ボディービルの授業は……どちらの学校でやらして、もらえるんでしょうか」

二つの島の同盟によって、夢は広がるばかりであった。

また、花畑の丘を下った森の近くにある畑では、農業の管理者である良と山太郎が熱心に話し込んでいた。

「はあ！　これはまた立派な畑じゃのう！」

そこにはじゃがいも、ニンジン、玉ねぎ、大根、なすび、えんどう豆など、沢山の野菜が立派に実っている。

「これは明日夢君とも言っているんですが、とにかくあにまるワールドの土壌は素晴らしく、作物の成長が早いんですよね。だから僕達が作る野菜や花はすぐに育つし、収穫も出来るんです。ひょっとしたら隠居のおじろうの力なのかもしれませんけど、僕達みたいな自然を味方につけないといけない職業の者達にとっては、正直助かります」

「そうじゃのう。確かにワシも家を作る時に基礎をどうしようかと悩んでいたら、マッチャオの樹という、完全に基礎の代わりを果たしてくれるようなものがあってのう。この世界はやはり、なにかでワシ達の辻褄（つじつま）を合わせてくれているような気がしたもんじゃわい」

「ああ、そうですか。やはりこのあにまるワールドは僕達がいた世界と、繋（つな）がりがあるんですよね」

　工業と農業、分野は違う二人だが、還暦を超えたおじいちゃんの山太郎と、おっとりしてふくよかな体系の良は気が合うようで、ニコニコとお互いの仕事に関して話をする。

「まあ、さっき言ったマッチャオの樹を基礎にする方法も、実はこのコリスが考えてくれた案じゃからのう！」

　そう言って、山太郎の肩に乗って、良との会話をのんびり聞いていたコリスの頭を優しく撫（な）でる。

「おお！　やはりコリス君は聡明なんだね。手先は器用で覚えも早く、それで卓越したアイデアまで出せるなんて、山太郎さんも後継者に困りませんね」

「まったくじゃわい！　わっはっは‼」

　大きな声で真正面から良に褒められ、コリスは無言のまま山太郎の肩で嬉（うれ）しそうに恥ずかしそうに俯くのであった。

「それじゃあ、あれかのう。これからはあにまるワールドの作物なんかも育てるつもりかい？」

「まあ、それも考えてはいるんですけど、今やりたいのは、苺の栽培とかを考えていまして」

「ほう、苺！　なるほど。苺は良君達農家にとっては『野菜』の分類じゃもんな。あには。それは素晴らしい。あにまるの子供達もワシ達の世界の果物は知らないから、是非味わってほしいものじゃ」

確かに、この世界には虹色の味を持ち、あまりの美味さに食べた者が悶絶してしまうようなポッコレ等の果実が存在するが、やられっぱなしでは面白くない。

「まあ、外でやってもやれないことはないんですけど、やっぱり苺をやるなら、ハウスが欲しいんですよね」

「ビニールハウスじゃな。ビニールを一から作ることは出来ないから、まあスタンプ交換じゃろうが……これが結構なスタンプを消費するかもしれんな」

ふむ、と悩ましげに腕を組んだ山太郎に良が笑いかける。

「ああ、でも、僕達の島って花や農作業がメインでしょう？　だからスタンプの使い道って結構そちらに重く分配されるんですよね。以前も、明日夢君に肥料を１００オジ分欲しいってお願いしたらすぐに通してもらえましたし。だから、ビニールハウスを作りたいという稟議も、多分簡単に通るんじゃないかな。勿論、余ったスタンプなんかはあにまるの子供達が欲しいものだったり、僕達の趣味なんかにも使っているんですけどね」

「ほう、趣味にスタンプを回せるほど潤っているとは、羨ましいもんじゃな。それなら財布の紐、というか、明日夢君の服の袖も緩むというものか。まあ、ワシが本気で欲しいのはコンクリートミキサー車やダンプカーじゃからな。建築関係は設備投資にかかりすぎて、100オジ単位の話でもなくなるからのう……」

「あっはっは‼　あ、でも僕も本当に何が欲しいかって言われたらトラクターって言いますけどね。勿論、10000オジほど必要なんで実際には口に出しませんけど」

「それが、ワシは以前、それを口に出したんじゃよ……」

「え⁉　本当ですか？」

「本当じゃ。まあ、酔っていたとはいえ、諸々10万オジを使う権利をワシにくれ、とな。先々数十年までのスタンプを寄越せ、なんてことを口走るジジイなんじゃ、ワシは……」

「………わあ」

　山太郎の告白を聞いて笑顔を凍り付かせる良。その発言は、ともすれば島の秩序を完全に破壊しかねないことを、理解しているのだ。

「ま、まあ。確かに本気で島の開発を願うなら、それぐらいやらないとどうしようもないかもしれませんね」

「じゃが、ビニールさえ用意してくれるなら、そこそこ頑丈で見栄えのあるハウスぐらい、半月もあれば作れると思うぞ」

「本当ですか。是非お願いしたいですね」

「そこはまた、進君と明日夢君にも相談してみようかの」

苺を栽培出来るかもしれないと、明らかにテンションが盛り上がる良の横にパンダが現れ、やれやれと呆れ顔で文句を言う。

「いやいや。イチゴなんかどうでもいいパンダ。とにかくお主はじゃがいもだけ作っていればいいんだ。我が王国のじゃがいも担当大臣だからパンダ」

「おお、これはパンダ君じゃないかい。本当にポテトチップスが好きなんだねえ」

「その通りだ。この畑は素晴らしい。どこもかしこもじゃがいもだらけ、じゃがいも天国ではないか。ここに住んでいれば毎日ポテチ食べ放題。我はこの島の住民になればよかったパンダ」

「いやいや、毎日ポテチばかり食べていていいわけがなかろう。お主がこの島に来たら、毎日畑を耕す仕事をさせられるぞ」

そう山太郎が珍しくツッコむと、肩のコリスと良がクスリと笑うのだった。

39　フラワー島に遊びに行こう！（後編）

さて、大人達の住む家から少し離れた場所にある、子供達の集落へと遊びに来たのは木林とブタサブロウである。フラワー島の博昭とイヌスケも案内として一緒についてきてくれている。

「え？　これってオヌンガ専用ヌッグじゃないかブタ！！？？　凄い‼　良いなー」

家の壁に釣り竿と一緒に立てかけてあった金属性の十字の棒を発見して、ブタサブロウが歓声をあげる。十字の上部の端になにやら野球のグローブを帽子にしたような、網のような袋のようなものがくっついており、左右の先端には粘土の塊みたいなものが紐で無造作に括り付けられてある。

「ほう、これがあの正体不明のオヌンガ専用ヌッグなんですな！」

以前、スタンプ交換報酬がアップデートした際に「あにまるワールドの物品」として追加されたリストの中に入っていたのがオヌンガ専用ヌッグである。リストの中にはレインボースパイスやあにまるワールドの食器等、先住文化として貴重なものもあったのだが、この「オヌンガ専用ヌッグ」や「ハッチャン」「キャンチョメ」「グーグーグルグー」

等、字面だけを見てもまったく訳が分からないラインナップも中には含まれていた。

特にこの「オヌンガ専用ヌッグ」に関しては、子供達に尋ねても「オヌンガ専用のヌッグネコ」「オヌンガ専用のヌッグブタ」「オヌンガ専用のヌッグでスズメ」「オヌンガ専用のヌッグリス」「オヌンガ専用のヌッグパンダ」としか答えてくれず、完全に謎のベールに包まれていた。

「これはアスム達が僕達にプレゼントとしてくれたイヌ」

「そうそう、これこれ。キバヤシ。これがオヌンガ専用の、ヌッグなんだブタ」

そう言ってブタサブロウが手渡してきたのが、先述した、十字架のような棒である。

「へー、これがヌッグなんでござるなあ！　十字の頭にグローブみたいな網？　左右には紐と粘土みたいな塊……謎でござるが、これは、何かのスポーツでござるかな」

ヌッグを片手に首を捻る木林に、博昭が親切に教えてくれる。

「オヌンガというのはあにまるワールドの全あにまるが修得しているスポーツなんですね。国技、と言っていいものなのかは分かりませんが、とにかく凄くメジャーなスポーツみたいです」

「へー。博昭殿も子供達とオヌンガをされたのですか？」

「そうですねー。最近では結構オリエンテーションをしたりしますから、その時はボールを使って遊ぶ時もあれば、おじさん対子供達でオヌンガをやったりもしますよ」

「へーーー!!　それは素敵でござるな!!　拙者達の島も皆でオヌンガをやりたいでござるぞ！」

「俺がキバヤシに教えてやるブタ。そしたら他のおじさんにもルールを教えてあげてほしいブタ」

「かしこまり!!　とにかくやってみるでござる」

イヌスケとブタサブロウもヌッグを手に取り、三人（一人と二匹）でオヌンガを開始する。

「よし。それじゃあ早速始めるイヌ！！！！　3、2、1……オヌンガ!!」

「ほいきたブタ！！　5、5、5……モヌンガ！！！」

「………？」

謎の数字と叫びをあげてから、オヌンガ専用のヌッグを掲げて片足を上げるという独特のポーズを切ったイヌスケとブタサブロウは、その後、黙って木林を見つめる。

「……ほら、キバヤシの番ブタ」

「あ、はい。え、と。…………5、9、1……ポルンガ！！！」

先のイヌスケとブタサブロウの発言で推理して、木林はなんとなくそう叫んだ後、両手をクロスさせて左人指し指をほっぺに当てるポーズをとったが、どうやらそれは大間違いだったようで、二匹はため息を吐く。

「あーーー……やっちゃったイヌ」

「よりによってポルンガとは……アルティメットオヌンギングペナルタペナルティに値するブタ」

「それだけじゃないイヌ。ドメスティックオヌンプリングルスオヌンガサティスファイにも値するイヌ」

「え、と。拙者、何かやっちゃいました？」

奇しくもここで、木林が「異世界に来たら一度は言ってみたい台詞ナンバーワン」を口に出せたのだが、その結果は彼が憧れる漫画のような展開とはならない。

「とにかくオヌンガを侮辱した罰になるブタから、ゲーム不成立。キバヤシの完全敗北ブタ」

「完全敗北！！？？　まだ、始まってもいないのに！！？？」

目ん玉をひん剥いて驚く木林に、博昭も苦笑してフォローを入れる。

「あー。今のは悪手に値しましたね。せめて5、9、1、ではなく、K、B、C、ゴンゴルゴンゴルアマソーレぐらいの、定石でコールしてもよかったのでは？」

「博昭殿まで！！！？？？　あの、ルールを、せめてルールを説明してくれませぬか！！？？　ヌッグの使い方は！！？？」

「あれ、木林さんがなんかゲーム止めちゃった？　あれ、どういう感じなの？」

「あっはっは！　ああ、オヌンガをやっているんだね！　あれは最初はちょっと難解なものに思えてしまうかもしれないけど、一度覚えたら結構シンプルでかつエキサイティングなスポーツだよ。まさにボディービルのようにね！」

「どうしたの力さん。そんなにボディービルを推すキャラだったっけ？　見た目で十分アピールしてるのに」

　子供達の集落が見える大きな木の上に登って、秋良と力は会話をしていた。森の中で道に迷ってしまっていた秋良に、力が声をかけ、一番大きな木へと案内してくれたのだ。

「ここはさ、博昭さんが一番初めに見つけた場所で、ここなら子供達の様子がよく見えるからって、しばらくは交代で登っていたんだ」

「おお、まさにあしながおじさんの聖地じゃない!!　すげえ。始まりの地、ならぬ、始まりの樹、か」

「だけど、俺ってこの格好じゃない。もう毎回登るたびに枝や葉っぱで怪我(けが)しそうになってさ。嫌だったーー」

「あっはっは！！　嫌なら服着ればいいじゃん」

「何見て言ってんのさ。最高の服を着てるだろう？　筋肉という服をね！！！」

「こざかしいこと言ってんじゃないよ。それなら怪我するとか言うんじゃねえ」

実はおじさん島とフラワー島を合わせても三十代は二人だけだった。秋良は38、力は39なので、年が近く、フランクなノリの二人はすぐに友達になれたのだった。

「ていうかさ。俺、前々から疑問に思っていたことがあってさ。この島の隠居のおじろうっているじゃん」

「うん」

「隠居って、自分の好みの『森』がつくおじさんを集めたってのは分かるんだけど、おじろうって完全にロックな格好じゃん」

「そうだね」

「それなのに、この島にいる人は結構皆まともっていうか。仕事も別に音楽関係者とか一人もいないわけじゃない。あ、力さんはあんまりまともじゃないけど。ほぼ裸みたいな格好だから」

そう言って普段からブーメランパンツだけを穿(は)いている力にジャブを入れるが、人の良い力は怒ることもなくケラケラ笑いながら答える。

「あはは。秋良君が言いたいのはあれだろう。隠居の雰囲気と島のイメージが合っていないってことだろう？」

「うん。まあ、それを言われたらおじきち＝俺達って感じでもないのは分かってんだけどさ」

「いや。秋良君達の島、おじさん島のおじさん達はまさに『おじきちが選んだ島』って感じがするよ。具体的にどうって言われたら答えられないけど、それこそ、空気感というか、バランス？　みたいなものがね」

「ふーん」

ほぼ断言のようにそう言われるが、ちっとも嬉しくない秋良はたいしたリアクションをとるわけでもない。

「あ、俺達の島の話だったね。それに関しては俺達も気になったことがあってさ。なんであんなロックな格好のおじろうが、俺達を選んだのかって」

「そうだよな」

「確かに、俺達、真面目な面子が多いもんな」

「いや、力さんの格好はマジでおかしいけどな」

「もう、ちょっと、そこはスルーしてよ。話に進めないじゃん」

流石にムッと唇を突き出す力に、秋良は片目を瞑って謝る。

「ただ、真面目っていうのは分かるよ。島だってしっかり綺麗にされていて、あにまるも自立している感じがある。だから、ぶどう島からの同盟関係も断っているんだろうし」

「ああ。あの最高に綺麗な筋肉したライオンがリーダーの島だね！　まあ、正直うちの島って凄くスタンプ稼いでいるから、あんまりメインランドがどうとか、そこに行けばアレが手に入るこれが出来るっていう誘惑って通用しないんだよね」

それに、と力はフラワー島がぶどう島と同盟しない、一番の理由を述べる。

「これは明日夢君が言っていたことなんだけど、俺達、この『はたらけ！　おじさんの森』プロジェクトの主流って、革命だとか闘いだとかって思ってなくて、多分、君達おじさん島の動きが王道なんじゃないかって思っているんだ」

「は？　俺達が」

「そう。だって、一位の島じゃん」

「いや、まあ、確かにそうだけど。だけど俺達は普通に、ただただ生活しているだけだぜ」

どれだけ言われても秋良は本当にピンとこない表情を見せる。

「そこが凄いんじゃないかな。ブレない。きちんと島生活を向上させ、あにまる達の未来を見据えている。だから、俺達の島はぶどう島にはっきりと『おじさん島の動向に合わせる』って言っているんだよ。君達がぶどう島に負けたら、俺達も奴らに服従することが決まっているから、そこんとこよろしく」

「はあ!?　マジで？　そんなの聞いてねえぞ」

「言ってないからね。まあ、そんな話はこれぐらいにして。ええと、ああ、何の話からこうなったんだっけ。ああ、おじろうと俺達のイメージが合ってないってやつだったかな」

「う、うん。おじろうはロックで、あんたたちは、真面目だって話だな」

「それは多分認識違いだね」

「認識違い？」

「そう。おじろうの見た目だけで判断しているのさ。俺を上半身裸だけで判断するようにね」

それは十分な判断材料だろうが、というツッコミをグッと我慢して、秋良は力の話の続きに耳を傾ける。

「しばらく一緒にこの島にいたら、なんとなく分かってきたことがあってね。おじろうが一日を通して一番この島のどこにいるか、教えてやろうか？」

「え？　どこにいるんだ？　山のてっぺんとかでギターかき鳴らしてんじゃないの？」

秋良がそう答えると、力は嬉しそうに人差し指を左右に揺らして否定する。

「ふっふっふ。それが違うんだな。あんな格好をしているけど、おじろうがいつもいる場所は、うちのシンボル、花畑の丘の上を、気持ちよさそうに飛んでいるんだ」

「へーー。じゃあ、おじろうは花が好きなんだな」

「まあ、あの上でギターをかき鳴らしてはミズホちゃんにうるさいって注意はされてるけどね」

「ははは。ロックも好きなんだな。『ロック＝ラブ＆ピース』みたいなもんなのかな。それで花も好きってことか」

「多分ね。だから、あながち俺達が選ばれたのも間違ってないって話」

「ふーん。なるほどね。え？　いや……」

納得しかけて、ふと秋良の思考が止まる。ツッコミセンサーに何かが引っかかったのだ。

「いや、違うじゃん。そりゃあ明日夢さんと良さんは花屋と農家で自然と繋がる仕事だし、博昭さんだって観測員で、要は地面とかを調べて数値化する人だろう？　まあ、なんとなく分かるけど、力さんだけボディービルダーって、やっぱり訳分かんないな。裸だから、一番自然で平和ってこと？」

「あっはっは!!　俺はあれじゃない？　あと一人どうしても『森山』が足りなかったから無理矢理数合わせに入れられたんじゃないの？」

「それ完全に木林さん枠じゃん!!」

そう言って、（おじさんの中では）若い二人はケラケラと、男子高校生のように笑いあうのであった。眼下では、オヌンガをやっている木林がまたルール違反をしてイヌスケと博昭に注意されていた。

「ああ、キバヤシがオヌンガビーセストゴージャスタイム中に鼻呼吸をしたから、ゲーム完全終了イヌ」

「オヌンガビーセストゴージャスタイム中に鼻呼吸をしたから、ゲーム完全終了ですと⁉」

「ああ、駄目ですよ木林さん。それだけはやっちゃダメです。オヌンガビーセストゴージャスタイム中に鼻呼吸なんてしたら、それはもう、ゲーム完全終了に値しますよ」

◇　◇

　夜はフラワー島から料理が振る舞われる。フラワー島は誰でも料理は出来るが、今日は自分が育てた野菜を振る舞いたいと、良が厨房に立ってくれた。

「さて、出来たよ‼」

「え！！？？　マジ！！？？　これって……」

　目の前に並べられた皿を見て、秋良は絶句する。そう、この食欲をそそる独特な匂いは、懐かしい匂いは……。秋良の言葉を進が継ぐ。

「これは、カレーですね」

　そう完全にカレーであった。じゃがいも、ニンジン、なすびがゴロゴロ入っている野菜カレー。そのボリュームとかぐわしい匂いでおじさん達は胸がいっぱいになる。

「調味料でカレー粉とかはあるし、持ってきた野菜があるから、カレーは結構簡単に作れるんだ。ただまあ、米がなくて申し訳ないけどね。稲作農家がどこかの島に稲持ってやってきてくれたらなあ」

「え、じゃあこの下にあるのは？」

「ああ、これもじゃがいもだよ。湯がいたポテトを粗く砕いて、ちょっとしたシークレットを添えて焼いたんだ。まあ『野菜がゴロゴロ入った焼きカレーポテト』ってところかな」

「シークレットとは、なんですぞ？」

「ふっふっふ。それは食べてからのお楽しみだよ。だからシークレットなんだから」

良がそう言うと、フラワー島のおじさん達四人は、おじさん島のおじさん達四人が皿に手をつけるのを含み笑いで見つめる。

「……おじさん達がご飯を食べるのを、ニヤニヤ笑いながら待っているおじさん達の図イヌ」

「言葉にすると奇妙だからやめるブタ。いや、実際に見ていても奇妙だけど」

「……いただきます」

秋良はスプーンを手に取り、カレーにニンジンとなすびを絡めて掬い、食べる。口の中に、熱く、濃い、風味と味わいが広がる。

「うわあああ。いや、これ、う、まあああああああああああああ。滅茶苦茶うまい。カレーだ。最高に美味いカレー。ああああああああああああああああ」

「懐かしさに涙が出そうになるでござるぞ。これが、良殿のカレーなのですな」

「熱くて、焼きカレーみたいですね」

「どれ、下のポテトを食べてみるかの」

「うん」

おじさん達は皿の下をがっつりと掬い、口に入れてみる。すると、ポテトとカレーの間に、糸を引く、甘酸っぱい食感が現れた。

「え？　これって……チーズじゃん」

「あ、本当でござる。チーズでござる」

「その通り!!　先日、チーズの代替品、ガーリオンの実を見つけたから、ここでお披露目というわけさ！」

どうやらそのガーリオンの実は力が見つけたのだろう。嬉しそうに上腕二頭筋を見せびらかしながら叫び声をあげるが、おじさん島のおじさん達の耳には入っていない。目の前の皿に夢中である。

「うわあ！！！　これは凄い！　滅茶苦茶うめえええええ!!」

「最高でござる。これ、カレーライスとは違うでござるけど、もっと大人向けで、酒のつまみにも最高でござる！！！」

「いや、このチーズの代替品がまた、最高!!　悪魔的にビールに合うのう！！！」

「そうですね!!　凄く美味しいです。いやー、このガーリオンの実は私達の島では見かけたこともありませんね。きっとフラワー島の特産じゃないでしょうか。明日夢さん。是非取引したいです!!」

「勿論です。ポッコレの実と交換しましょうかね」

現代からやってきたおじさん達が、現代からやってきたおじさん達に、現代のカレーで俺TUEEEをされている。そして、どちらのおじさん共に、それで気持ちよくなっているという、よく分からない光景が繰り広げられていた。

「このドロッとして変なにおいがするスープ、めちゃんこ美味しいネコ!! ネコミも気に入りました!!」

「言い方よ、猫娘」

ネコミ達、おじさん島のあにまる達も初めてのカレーを堪能しているところに、新しい料理が運ばれてくる。

「さあ、あにまるワールドの料理も出来たウマ。ポエトワリンのシャーシャー盛りウマ」

「よ! 待ってました!!」

こちらも、現実世界のカレーに匹敵するぐらい、あにまるワールドでお馴染みの料理であった。

「ああ、シャーシャーがしっかり効いているでござる」

「そうだな木林さん。こりゃあシャーシャーがかなり効いていて、最高に美味いじゃないか」

「これぞまさにシャーシャー、といった味わいですねー」

木林と力と博昭がうんうんと頷きあい、シャーシャーシャーシャー言いながらシャーシャーを味わう。

シャーシャーとはあにまるワールドのレインボースパイスの赤と青と黄色を混ぜて作った甘酸っぱさと爽やかさが同居した調味料である。それをポエトワリンという黒い種子のついた山菜を下ごしらえしたものに和えたものが、あにまるワールドのポピュラーな料理となるのだ。

おじさん島のおじさん達が美味しそうにポエトワリンのシャーシャー盛りを食べるのを見て、明日夢は眼鏡をキラキラに光らせながら得意げに自分の島のあにまるを自慢する。

「これはですね、ウマコさんが作ったものなんですよ」

「なんと！　ウマコ殿が!!　はー、料理がお上手なんでござるな」

「いやはや、こりゃあたいしたもんじゃ！」

「そうか、この島のあにまるはうちのがきんちょ達よりも年上だもんな。施設で料理を担当したりもしていたんだな」

感心しきる秋良達に、パンダが訳知り顔で更に説明を加える。

「馬族は元々料理が得意な者が多い種族だからな。例外でもなければ大体が料理担当にされるものなんだパンダ」

「へー、種族によってもそういった特徴があるんだな。じゃあブタ野郎なんかも、釣りが得意みたいな特徴があるのか？　よく俺と釣りをしているからさ！」

「いや、豚族は釣りは特にうまいとかはないパンダ。豚族は穴を掘るのが上手だから、よく穴を掘ったり、地面から何かを拾ってくるような仕事が多いパンダ」

その話をご飯を食べながら聞いていたブタサブロウは少し複雑な気分になった。事実、ブタサブロウは施設ではわかもののために綺麗な石を集めたりしていたこともある。そのためによく穴も掘ったものだ。種族的な得手不得手というものはその時に聞かされてはいなかったが、確かに穴を掘ることは嫌いではないし、実際秋良の日課である宝探しのための穴掘りを手伝ったりもしているのだから、向いているかもしれない。

特に言い返すほどの気持ちでもなくモヤモヤしているところに、秋良がへへんと鼻の下を指で擦らせながら口を開いた。

「へえ、だったらうちのブタ野郎も凄いもんだな」

「何がだパンダ？」

「そうじゃねえかよ。豚族の素質とかそういうの関係なく、実力で釣りが上手になったたってことだからな」

「………」

思わずブタサブロウは顔を上げた。多分、自分が考えていて、だけどそれでも別に言うほどのことでもないと思っていたことを、秋良が言葉にしてくれたのだ。

「お、どうしたブタ野郎？　もうご馳走様か？」

「ぶ、そんなんじゃないブタ。アキラこそ、な、何をよその島と競っているんだブタ。恥ずかしいからそういうのやめるブタ」

そうツッコミを入れながらも、嬉しそうに顔を赤らめるブタサブロウがそこにはいた。

食事も終わり、皆、それぞれが歓談しているところで、明日夢達、フラワー島のおじさん達が立ち上がった。

「さて、宴もたけなわではございますが、ここで僕達の方からサプライズがございます」

「え？　サプライズ⁉　なになに⁉　ビンゴ大会？　手品でもするの？」

酒も回ってご機嫌な秋良が、まさかのフラワー島からの計らいに、テンションを上げる。

明日夢、力、良、博昭がそれぞれ自分の家に帰っていき、取ってきたものを見て、目を丸くする。

「え？　明日夢さん。それ、何？　まさか、エレキギター？」

「はい、その通りです」

明日夢はギター、良はベース、博昭はキーボード。力はドラムセットを丸ごと担いで家から出てきて、進達の前に並んだ。イヌスケやヒツジロウ達は近くの小屋からスピーカーやマイクを運んできて、おじさん達の楽器とケーブルで繋いでいき、あっという間にバンドの完成である。

「え？　サプライズって……演奏してくれんの？」

「はあ、これは本当にサプライズじゃのう。この島の住民が楽器演奏するなんて、思ってもみなかったぞい」

「やっぱりこの島、儲かってるでござるな」

「そうですね。これだけの楽器を集めるだけで500オジは使っているはずですから」

流石の進も、その豪快なスタンプの使いっぷりに、動揺した表情である。

スタンドマイクに向かって明日夢が話しかける。

「おじさん島の皆さん。ようこそフラワー島へ。夜の最後に僕達の演奏を楽しんでいってください。それでは披露しましょうかね。『ウェルカムフラワーアイランド』」

1、2と、ドラムの力がリズムをとって、演奏が開始された。

ギュイイイイイ～～～～～ンと甲高い、雷のような音が明日夢のギターから鳴る。腹に響く低温のリズムを良のベースが刻み、博昭のキーボードが旋律を加える。

イントロが終わり、明日夢がマイクに口を近づけ、歌いだす。

「Let's enjoy a flower
The flower is not a nose
But I smell the flower with a nose
In other words, a nose blooms
Welcome to the flower island
Welcome to the flower island

What were we talking about?
It is a story that the nose is not a flower
It is necessary to dig the hole to plant a flower
And the nose has two holes
I smell the smell of the flower with a nose
In other words, a nose blooms
Welcome to the flower island
Welcome to the flower island

Welcome to the flower island
Welcome to the flower island」

「…………………」

「…………え？　英語バンド？　英語バンドなの？」

「演奏も、皆、滅茶苦茶うまいでござる……」

もう、何がなんだか分からない。感心も感動も驚きも通り越して、おじさん達は圧倒されて彼らの演奏を眺めていた。どういうことかと横に座っていた管理人のミズホを見ると、涼しい表情で説明してくれる。

「ああ、この島のおじさん達って、学生の頃に軽音楽部に所属していたり小さい頃ピアノ習ってたり、社会人になってドラム始めたりと、それぞれ楽器の経験が豊富で、腕前は確かなんですよ」

「いやいや、何が『おじろうが花が好きだから』だよ。完全に隠居の趣味とこれでもかっていうぐらい合致してんじゃねえかよ。今すぐロック島に改名してもいいぐらいだよ」

見ると、少し離れた花畑の空中で、ヘッドバンキングをしながらギターをかき鳴らす、おじろうの姿があった。

40　進と山太郎のバトルの回!!

その日、山太郎と進は二人島を歩いて話をしていた。

今後、おじさん島に何を作るのか、何が必要でどれだけスタンプをためて、どのような資材を調達して、いつ施工するか等、建設的な話をまとめる。

「とりあえず建物としましては家も学校も落ち着きましたし、しばらくは問題ないかと思います」

「またわかものがやってきたり、自然災害があった時の避難場所みたいなものも、進君は構想しておったが、それに関しては後回しで構わんかの？」

「そうですね。以前使った洞窟が場所的にも、建物的にもかなり最適だったと思うので当面は問題ないかと思っているんですよ」

「ふむ、そうじゃのう。後は橋や森の中の道の舗装だったり、そういう感じかのう」

ですね、と進は頷く。インフラ関係の話なら、本当は川から水道を繋げたりといったことを考えているのだが、それはまた壮大なプロジェクトになりそうで山太郎にも火をつけてしまいそうなので、口にはしないでいる。

「ああ、そういえば先ほど、木林君が何やら島で慌てていたようじゃが」

「ああ。木林さんに本格的にプログラミングの授業をお願いしましてね」

「なるほど。彼も専門的な分野があるからのう」

「ですが、木林さんはああ見えて人前に出ると結構緊張しちゃうので、どうやってそれを和らげようか、と悩んでいまして。助手でもつければとアドバイスをしていたのです」

「ふむ。それは木林君にとっても成長するきっかけになるかもしれんのう。うまくいくことを願っておるぞ」

　あにまるワールドに来て、おじさん島で暮らし始めて成長したのはあにまるだけではない。進に秋良、山太郎に木林ら、おじさん達も日々何かに気づき、前進しているのだ。

「それに、話はおじさん島だけではなくなってきているかもしれませんね。特に山太郎さんはその素晴らしい技術をうちの中だけで留めておくのはもったいないですし」

　それだけで進が何を言いたいのかすぐに理解する山太郎。

「ははは。海外派遣ってヤツかの。進君もなんだかんだで外に目を向けているわけじゃな」

　実際、既にフラワー島には山太郎も何度か行って、建物や橋の建設の指導、手ほどきなども行っている。

「ワシをぶどう島でのカードとして使うということじゃな」

「その通りです」

前回の翔の話によると、パン屋の彼は小麦を手に入れていて、パンもフライパンで作ってはいるそうだが、やはりプロのパン屋として、窯で焼きたいに決まっている。だからぶどう島としては同盟をして、わかものに革命をするのと同時に、山太郎の技術も手に入れたいのだ。山太郎がキーマンと言っても過言ではなかった。

「こちらとしても結果がどうなったとしても山太郎さんの技術を独り占めするつもりはありませんし、極端な話、山太郎さんがあちらの意見に傾かれたとしても止める権利もありませんからね」

「あっはっは。ワシもおじさん島の生活は気に入っておるからのう。そうそう抜けはせんぞい。老人ホームみたいな、じいさんばかりでゲートボールや将棋を打って過ごすのんびりとした島でもあったら分からんがの」

そう、髭を揺らしておどける山太郎に、進が笑みを浮かべる。

「まあ、ぶどう島に派遣されてもまったく問題はないのじゃが。一つ、条件があるぞ」

「はい、なんでも」

「おや、まだ何も言っておらんのに、承諾していいのか？　スタンプを1000個寄越せ、なんて無茶苦茶な条件かもしれんぞ」

「はい、そうですね。確かに山太郎さんには前科もありますし。そうでしたら困ってしまいますね」

「…………」

進の信頼しきった表情を見て、山太郎は力が抜ける。これは、既に山太郎が何を考えているのか、完全に理解しているのだろう。進の情報把握能力はそれほど凄まじいのだ。

さて、建設的な意見を述べ合いながら二人はある地点まで歩いていた。それはおじさん島にある温泉に行く途中にある、開けた平地である。

そこの端にある岩には、時折運動不足解消のために山太郎が素振りをする、練習用の竹刀が置かれていた。

「山太郎さん、ライオンみたいに襲ってこれます？」

「無茶を言わんでくれ。ワシは腰をやってはいたが、アップデートでちょっとマシになったって程度じゃぞ。ライオンなんて、無理に決まっておる」

「ライオンは厳しいですか。そういえば山太郎さんって、寅年でしたよね」

「戌年じゃ。そもそも獅子年なんてものはないし、それなら亥年じゃろう？」

「亥は猪ですから。シシ違いですよ」

「しっしっし」

軽口を叩きながら、進は柔軟運動を行う。どうやら冗談で言っているわけではないようで、それを山太郎もとっくに理解していた。

「ライオネスさんの上背はかなりありますし、リーチだけでもかなりのものです。仮想ライオネスさんと対峙するには、山太郎さんの竹刀ぐらいじゃないと駄目なんですよ」

「まあ、のう。じゃが、我々はのんびりおじさん島じゃぞ。そんな、相手の範疇に入ったら、ワシらまでバイオレンス格闘島漫画に取り込まれてしまうのではないか?」

「郷に入っては郷に従え、ですから」

それは進の座右の銘である。だが、今現在の状況からではそれはどちらかというと「虎穴に入らずんば虎子を得ず」に近いもののように山太郎は感じていた。虎穴ではなく、獅子の穴、ではあるが。

「ワシの座右の銘は、あれ、なんだっけ。あ、そうそう、『山高きが故に貴からず』じゃ。凄く格好良い響きじゃし、何か賢そうに見えるじゃろう?」

「あっはっは!!」

進のその笑い声が合図だった。

初めに動いたのは山太郎である。山太郎は進を待つつもりだったが「動かされた」とすぐに悟った。進は自らが動く素振りと「気」を同時に放った。それは玄人である山太郎であるからこそ、なお誘導されるものであった。素人であればそもそも実際には動いていない進には何の反応もしない。だが、敢えて山太郎相手だからこそ、それを理解した上でのブラフで、初手を誘導したのだ。

山太郎の横振りを紙一重で避けると進はフラッと懐に飛び込み、竹刀を手にした右手首を掴む。進が狙っているのはそのまま相手の放った攻撃の勢いを利用して手首を返して投げる「小手返し」である。合気道の基本といえる技で、スムーズに技の所作に入られたら素人には抗う術がない。気が付いたら身体が地面を転がる結果となる。

剣道の経験がある山太郎にはその理由が分かる。あれは、そうでなければ技をかけられた相手が壊れてしまうのだ。

これに対処する方法は二つ。一つは相手の流れに身を任せてそのまま投げられる。これは対処というか、実際に相手の技をそのまま素直に喰らうということなのでダメージをもらうことになるが、それでも下手に抗って腕がおかしな方向に曲がったり、負荷を与えることを考えると、良策と言えるだろう。受け身をとればたいした損傷もない。そしてもう一つは、完全なる腕力でこの流れに逆らう、というものである。ただし、相手は手首を掴んでそのまま自身の身体全体で技をかけにくるだろうから、当然分は悪い。

だが、それでも、山太郎は――後者を選んだ。それが進の意表を突くことに繋がると信じて。

右手を竹刀から離して余った左手で手首を固定し「ぐおおおおお!!」と大きな咆哮をあげると、自分と進が作った勢いとは反対方向に振り上げる。ただ、これには進も対応してそちらに流れを変換して、山太郎の作り出した気勢から今度はそちらの方向に技に転じようとする——のだが、それを読んでいたのは山太郎も同じだった。右手首を掴んでいた左手をパッと離して進の襟を掴んで、足を引っかける。柔道技の、大外刈りだ。

竹刀を、剣道を一瞬で捨て、柔軟に対応する山太郎の格闘センスに、進は脱帽する。

——いけない、このままでは、自分が投げ飛ばされてしまう。

攻守が入れ替わってしまった進はなんとか身体を捩らせて技を防ぐ。だが、本当になんとか防いだとしかいいようがないほどである。身体を開いた状態にさせられた進は必死に山太郎の手を振りほどこうとするが、握力では当然敵わない。山太郎が進の腕を掴んでロックしている以上、進もうまく動くことが出来ない。流れを止められてしまうと、力が生まれない。

——うーん。なので、こういう時にはこれしかないですか。

進はぴょんと飛び上がると、自ら宙に縦一回転する。

「…………!!??」

当たり前のように進が宙返りをするものだから、山太郎は最初ぼうっとその光景を眺めているだけだった。だが、次の瞬間にはその行動が意味することが分かる。

山太郎の握力VS進の全体重&遠心力。

勝ち目はないと悟った山太郎はパッとその手を離し、同時に進に掴まれた腕も力任せに振りほどく。

「――――」

「――――」

進と山太郎はまったく同じタイミングで後ろに飛び退き、間合いを取る。

その場に静寂が訪れる。

無言のまま、お互いはニヤリと笑った。

言葉は必要ない。二人は今、己の力と技をもって、会話をしているのだ。

それを偶然、陰から見ていたのが、秋良とブタサブロウのでこぼこ仲良しコンビである。

「…………いや、一体いつからこの島も、バトル漫画みたいな感じになっちゃったんだ」

「なんだか顔の雰囲気もちょっと違う感じブタ。眉毛とか濃ゆくなっていて、きもいブタ」

「ていうか山太郎の旦那。マジでアップデートで腰も治って最強になってんじゃねえかよ。これ、このままぶどう島に勝てるかもしんねえぞ」

「勝ったら、獅子族のライオネスの計画はなくなっちゃうブタ？」

「う～ん……」

秋良はそれから口をつぐんでしまった。ブタサブロウのその表情を読み取ることが出来なかったからだ。この小さなあにまるは一体何を望んでいるのか。分からないので、素直に聞いてみることにした。

「ブタ野郎は、どっちがいいんだ？」

「俺？　俺は、そうだなあ。よく分かんないブタ!!」

そう、はっきりとブタサブロウは断言した。

「今の生活が楽しいからずっと続いてほしいけど、俺と同じ施設だった友達や、他のあにまるはまだメインランドや施設で不自由な生活を送っているブタ。あ、不自由って言葉はこの間ススムの授業で習ったんだけどブタ」

「ったく、本当に正直な奴だな、お前は」

「アキラがツンデレっていう意味のおじさんっていうのも、キバヤシから教わったブタ！　さぶかるちゃー、とかいう授業で」

「あのおっさん！　子供に何を教えてんだよ！　ていうかうっせえよ!!」

二人（一人と一匹）が仲良く会話をしているうちに、気が付いたら山太郎と進はいつの間にか木の上に登り枝と枝を足場に飛び交いながら、死闘を続けていた。

「いや、だから、漫画かよ」

「俺もよく分かんないブタけど。マンガみたいブタ」

41　郵便おじさんのふんどしをゲットしよう！

その日、秋良は日課の穴掘りのために早起きをしていた。穴掘り自体に1オジのスタンプ報酬はあるのだが、それだけでなく、秋良はゲームの『あつまれ！　あにまるの森』のように、島の地中に宝や宝の地図が埋まっていると信じているのだ。

そうやってせっせとスコップで穴を掘っている時に、森の中を横切る怪しい影を発見した。

「え？　おい、あれ、誰だよ。変な奴が島に侵入しているぞ」

そう、それはあにまるではなく、確かに人であった。人だし、おじさんである。顔を見ると明らかにわかものではない。目の下にホクロのある、唇の厚い、背の低いおじさんである。だが、特筆すべきはそこではない。

その服装である。そのおじさんはツバ付きの帽子を首ゴムをかけて被り、上半身には何も服を着ていなく、下半身に赤いふんどしを一丁締めているだけだったのだ。そして、肩に茶色のショルダーバッグをかけている。ふんどし一丁なのに帽子を被り、鞄をかけているという点も、かなりニッチで変態っぽく見える要因を効果的に上げている。

「ええ？　なんだあのおじさん。うちの島に滝修行でも来たのかよ。にしても、すごく変態チックだけど……」

勿論（もちろん）、進や秋良だって滝行の時にふんどし姿になることはあるが、流石（さすが）に滝の前まではきちんと服を着ていて、打たれる時に颯爽（さっそう）と脱ぐという風に決めている（その方が断然気持ち良いから）。島で普通にふんどしなのと、滝の前でふんどしなのには、雲泥の差があるのだ。普段街中で水着で歩いてたら通報されるが、海なら誰も何も言わない、のと同じなのである。

「やい、そこの変態!!　人の島でなにやってんだ！！　コラ!!」

不審者許すまじと、秋良はそのおじさんを怒鳴りつける。すると、ふんどし一丁のおじさんはビクッと身体を震わせて秋良の方を見たかと思うと、信じられない速さで森の中へと駆けていった。

「あ！　待て！！！　逃げるな!!」

すぐさま秋良は追いかけるが、何しろその変態の足は途轍（とてつ）もなく速い。地面をスタスタと踏んだと思ったら生い茂る木々の枝から枝へと跳躍して、どんどんと上へと登っていく。枝を手に取り、しならせてその反動で次の木へと移り、秋良との距離はぐんぐん広がっていった。

「忍者かよ……滅茶苦茶格好いいじゃねえか」

数秒後にはその変態の姿は見えなくなってしまっていた。

「ああ、その方は郵便おじさんですよ。NPO(ノンプレイヤーおじさん)の方です」

「郵便おじさん？　あ、まさか。あのおじさんが俺達が書いた手紙をよその島に届けてくれているのか？」

朝の出来事を早速進に報告すると、驚くことなくそれを教えてくれた。確かに、手紙をポストに入れたからってワープして相手に届くわけがない。誰かが届けてくれるから成り立っているのだ。

「それが、あの変態、あ、いや、郵便おじさんだったってことか。なるほどな」

「いや、でも凄いですね秋良さん。私は明日夢さんに宛てたりと、この島でも結構手紙を書く方なのですが、いまだにお姿を拝見したことはないんですよ。うらやましいです」

「いや、あんなふんどし一丁のおっさんなんて、見ても嬉しくもなんともねえけどよ」

そう、悪態をつく秋良に対して、進は郵便おじさんに関してのある情報を教える。

「ですが秋良さん。郵便おじさんさんにはスタンプボーナスのミッションがありまして」

「ふんどしおっさんのミッション？　なにそれ」

「カンナさんからお聞きしたんですけど、あの方のシンボルマークである赤いふんどしに触れることが出来たら、スタンプを100オジ頂けるそうなんです」

「え。あのふんどしに触ったら100オジ⁉　それ、滅茶苦茶お得じゃねえかよ。ただ触るだけだろう？」

「まあ、それだけまず遭遇することがレアで、更にそこからその身体に触れることなんて、不可能に近い、という意味でそれだけの高レートを設定してあるのだと思います」

「ふーむ。なるほどねえ……」

あのふんどしにそれだけの価値があるとはどう考えても思えなかったが、そもそも遭遇することが稀なら、なんとなくその意味は理解出来た。

「つまり、シークレットミッションってことだよな」

実のところ、秋良はほとんどシークレットを当てたことはなかった。おじさん島でシークレットを達成するのは木林で、彼は独特の嗅覚で勝手に生活していたら気が付くとシークレットノルマをやり遂げていて、島に膨大な貢献をしているのだ。

木林にライバル心があるわけではなかったが、自分も一度くらいはシークレットを達成してみたいと、常日頃から考えていたのだった。

「よし！　じゃあその変態おじさんのふんどしスタンプは、俺がゲットしてやるぜ！」

それから毎日秋良は手紙を書いた。フラワー島の、あしながおじさんの師匠、明日夢や、年齢が近くて打ち解けた力に向けてである。とはいっても既に彼らは同盟状態なので、マヴダチゲートを通れば簡単に話が出来るのだが、それでは意味がない。手紙を書いて砂浜に設置されたポストに投函すれば郵便おじさんが現れて、届けてくれるはずだ。

意外と秋良は郵便おじさんと相性がよかったのかもしれない。三日後にはそのふんどし姿を見ることに成功した。

「いた‼　待て！！　ふんどしを触らせろ‼」

「………⁉」

だが、郵便おじさんは秋良の姿を認めると、すぐに森の中へと消え、初めて会った時のように木々を利用してすぐに姿を消すのだ。

「ま、待て‼　待てってば‼　ふんどしを……はあはあ、触らせろ！！！　はあはあ」

そんな追いかけっこが数日続いた。あにまる達には郵便おじさんは見えない。秋良が島中を、何もない所でずっと追いかけっこをしている、という不気味な噂はすぐに子供達にも広まり、目撃したあにまるは不思議そうに秋良の挙動を眺めていた。

それに対して相棒のブタサブロウは、理解を示す。

「きっとアキラは何か理由があるんだブタ。おじきちとか、隠居は俺達には見えないから、何か大事なことをしているに違いないブタ」

秋良を信じてその姿をジッと見つめるブタサブロウに感銘を覚えた木林は、しっかりと誤解のないように説明をしてあげることにした。

「…………ブタサブロウ殿の言う通りでござる。秋良殿はこの島の発展のために、今ああやって頑張って、皆様には見えないほぼ裸のおじさんのふんどしに触ろうと、必死に頑張っているでござる」

「とんでもない変態ブタ」

一瞬にしてブタサブロウの目から輝きが失われるのを目撃し、自分が何かまずいことを言ってしまったと悟った木林は慌ててフォローを入れる。

「いや、違うでござる。その、秋良殿は別にその、ふざけてそのおじさんのふんどしを追いかけているわけではなくてですね。情熱を持って、本気で追いかけているのですぞ」

「もっと嫌ブタ。おじさんのふんどし追いかけるなら、本気よりまだおふざけで追いかけていてほしいブタ」

「デリケート!! この年齢のお子様はなんてデリケートなんでござるか!!」

どれだけ秋良をフォローしようとしてもドツボにはまって逆効果となってしまう。木林が説明すればするほど、子供達の目は輝きを失い、黒い、どん底の穴のような瞳へと変貌していくのであった。それは前回、彼らが嬉々(きき)としてふんどし姿で滝へと向かう姿を見たトラウマから、というのもあるだろう。

「くそ！　どこに消えた」

郵便おじさんはとにかく速い。身軽だからなのか、それなら秋良自身もふんどし一丁になるかとも考えたが、その時点で何かを失ってしまいそうなので踏みとどまった。

——こいつは追いかけるよりかは、何か策を練った方がいいかもしれねえな。

そう考えた秋良は一度家に戻り、作戦を考えることにした。

郵便おじさんは自分の仕事に誇りを持っていた。

ゲームを始める際には当然自分も一つの島を欲しかった。だが、郵便おじさんには特に信念がなかった。わかものをやっていた時にもあにまる達を庇護しようだとか、この世界を変えなくては、という考えはなかったからである。ただ、このプロジェクトの発起人であるキチエモン、現在ではおじきちだが、とはわかもの時代からも仲がよく、彼がやりたいことなら、とサブキャラ、即ちＮＰＯとしての協力を快諾したのだった。

郵便おじさんはその役割上の特性から、全ての島を行き来することが出来る。

どこの島がどのように発展していき、隠居の意図を汲み取って成長していっているのかは、全ての島を見て回れば一目瞭然であった。

おじきちはあにまる達のユートピアを目指している。だからあにまる達に様々な知識や常識などを与えてくれるだろう、優しい「森」をスカウトしてきたのだ。その逆といえばオジキン＝エアウォーカーである。オジキンは強く逞しい「森」を選んだ。かといっておじきちとオジキンが討論をしたり争ったりはない。そう、全ては「プロジェクトの中で決着をつける」という厳格なルールがあるからだ。わかものから隠居になると、闘争心等の尖った感情はなりを潜める。それを郵便おじさんも自身の体験で身をもって理解している。全ての中で一位となった島が、次の指針となる。そうなったら次は更におじさんの数を増やすのか、入島するあにまる達を増やすのか。きっと規模は拡大するに違いない。

それを初めから見越していたのがおじきちなのだ。わかものの時には特に目立つことのない、中枢を管理する大人しくも知識に溢れた賢い者であったが、彼の「信念」はかなり深い所に根付いているようで、他の隠居にもその真意は読み取れない。このおじさん島の島リーダーである森進というおじさん、彼の方がひょっとしたら誰よりもおじきちの意図を理解しているのかもしれない。

そうなってくると、他の島にはやはりズレがあるように思える。

それこそ二位の島のぶどう島は少々暴走気味な雰囲気が見受けられる。

先述した通り、闘争心を削られている隠居のオジキン＝エアウォーカー自身には現在、あそこまでの革命めいた思想はない。更に石ノ森翔をはじめおじさん側も、そういう意味でスカウトしてはいなかった。ただ逞しく、がオジキンの美徳だ。これに関してはあにまる側の選別に偏った思想の者が含まれていた、ということになる。獅子族のライオネスや虎族、格闘に優れた者を集めて、皆で鍛えあい、高めあう島を目指していたはずなのだが、初めの島リーダー争奪戦で獅子族のライオネスが勝利してしまったためにあにまる側の、更には革命を志していた者が統率者となってしまい、今の状況になってしまったのだ。これはオジキンが願ったものではなく、偶然の産物だと郵便おじさんは考察していた。

流石に大幅にルールを逸脱してしまうようなことになると、このプロジェクト自体を危険に晒してしまうので、そこは隠居達の協力の下、特別采配は行われるだろうが、彼らは彼らで目的を持ってよその島と同盟を結び、勢力を伸ばしているため、現状不問となっている。実際のところオジキンはもっとシンプルな力と力のぶつかり合い、それこそあにまるの本能としての闘いを顕現したいのだろうが、そのズレを修正することもない。プレイヤーの意志を誘導するような行為は禁止だからである。もしそれを本当に修正したい場合は隠居会議の際に「ルール改正」を申し出ることでしか、認められない。だが、それをあからさまに行ってしまうと当然プレイヤーからの不満も出てきて、ゲーム自体が破綻してしまっては意味がないので、そこは各隠居も慎重に振る舞うようにしているのだ。

わかものもあにまるも、そして隠居達も、基本的には世界の「やくそく」に則って存在して、それぞれの生活を送っているのだ。

そう考えてみると、おじさん島はおじきちの意図を超えた成長を見せているのではないか。この世界の核心であるパンダを住民に迎えたことは、完全にイレギュラーだったはずだ。

パンダがこちらのプロジェクトに参戦することは、それこそぶどう島のような革命思想のある島にとっては利用価値があるが、普通に島生活を重視する者達にとっては異物の介在でしかなかった。隠居達の会議の中でも、パンダの扱いをどうするか悩んでいたが、その結果を出す前におじさん島の住民でわかものの撃退からパンダの保護までやってのけたのだから、郵便おじさんも驚いたものである。

運営側の不手際を詫びると共に、おじさん島への評価も上げざるを得なかった。

パンダがおじさん島の住民になることにより、更にゲームに重みが生まれる。これから何が起こるか分からない状況になっているのだ。

まさか、こんな考察を、ふんどし一丁のおじさんが行っているなんて、誰も夢にも思っていないだろう。

様々な島を毎日行き来する役目のある彼だからこそ出来る分析でもあった。だが、それを誰かに話したり、ゲームに介入したりは、勿論しない。郵便おじさんは様々な島を渡っては、手紙を届ける。その役目を日々全うするだけである。

ある日、森の中、郵便おじさんの前に一通の手紙が落ちていた。

これが一体どういった意図なのか、郵便おじさんはすぐに気が付いた。罠である。秋良というおじさんは日課としてスコップを片手に穴掘りをする。この島生活のモデルとなったゲームには地面を掘るとアイテムや宝が埋まっているという要素があるらしい。だが、この島にはそのような形のゲーム要素は何もない。つまり、彼の行為は無駄なことであるのだが、落とし穴にはまる、などというスタンプボーナスが存在するため、間接的には意味がなくはない。

手紙の置かれている地面の下に、穴を掘っているのだ。手紙を手にした郵便おじさんを穴に落とすために。

ふざけた隠居の一人がスタンプボーナスに「郵便おじさんのふんどしに触れる」を追加したことも、彼は知っていた。

だが、簡単に捕まってはいけない。隠居がスタンプボーナスに関わる際には八百長は許されないというのがルール、約束であった。

これでも隠居の端くれである。神通力は授かっているのだから、宙を浮くぐらいなんてことはない。

郵便おじさんは手紙を拾うとフワリと宙を舞って、落とし穴を簡単に回避する。

「いまだ！！」

すぐ近くで秋良の声が響いたその瞬間、何が起きたのか理解出来なかった。

まさか、秋良本人が落とし穴の中に潜んでいたのか！

だが甘い。郵便おじさんは空を飛ぶことが出来る。このまま更に上へと飛べば何も気にすることはない。落とし穴の中からどれだけ飛び跳ねたところで郵便おじさんのふんどしまで届くはずもない。

だが、この違和感はなんなのだろう。秋良は誰に対して「いまだ！！」と叫んだのか。すると、落とし穴の中から、一匹の豚族の子供が顔を出す。そうか、落とし穴に潜んでいたのはあにまるだったのか。

だがおかしい。あにまるには自分達が見えないし、触れることが出来ない。ふんどしに触れるというミッションを達成出来ない。なのに、何故わざわざこんな罠を仕掛ける必要があったのか。

そして郵便おじさんは思い出す。秋良の声が地面からではなく、上から聞こえてきていたことに。

——そうか。全ては落とし穴に注意を向けて空へと飛ばせるための……陽動。

頭上を振り返った時には遅かった。木の上から秋良が飛び降りて郵便おじさんに襲い掛かる。

「かかったな！！！　こっちだぜ！！！！」

避ける暇もない、そのまま秋良に下半身のふんどしを握られ、落下の勢いのまま剝ぎ取られてしまった。地面に転がりながらふんどしが秋良の顔に巻き付いていき、たまらず秋良は悲鳴をあげる。

「ぎゃああああああああああああああああああ！！！！！　おっさんのふんどしが顔面に巻き付いて！！！！　あああああああああああああ！！！！　あったかい！！！　まだあったかい！！！！　誰かとってえええええええ!!　ブタ野郎、とってえええええええ！！！！」

「いや、取ってって言われても、俺達には見えないし触れないブタ。それに実際に見えて触れたとしても、おじさんのふんどしとか絶対に触りたくないブタ、まっぴらごめんブタ」

「なんだよ薄情なブタだなあああああああああああああああ！！！！！」

その後、悶絶しながらなんとか自力で郵便おじさんのふんどしを引っぺがし、秋良はふんどしを天に掲げる。

「よっしゃああ！！！　とにかく、おっさんのふんどし、ゲットだぜ!!」

「言い方ブタ」

なんだかんだで息の合ったコンビネーションを見せた秋良とブタサブロウ。郵便おじさんはこの島の更なる特徴を忘れていたことに気が付いた。

そう、おじさん島はなによりおじさんとあにまるの仲が良い。秋良とブタサブロウは相棒であり、同じ家の同じ棟に住んでいる。

それだけの信頼関係がなければ、自分には視えもしないが、ふんどし一丁なのは分かっているおじさんを罠にはめるために自ら落とし穴の中に入ろうなんて思わないはずだ。秋良はブタサブロウを、ブタサブロウはアキラを、おじさんはあにまるを、あにまるはおじさんを、心の底から信頼している証であった。

さて、見事ミッションを達成した秋良達のもとへ管理人のカンナがやってきて、スタンプ査定を行う。

「あー、なるほど。………これはですね。えーと、『郵便おじさんのふんどしに触れたら100オジ』でしたけど、秋良さんは、ふんどしを奪ってしまって郵便おじさんに恥をかかせてしまいましたので、とても紳士さに欠けるプレイとみなされ、ペナルティが課されます。20オジ没収させていただきます」

「えええええええええええええええええええ！！！？？？　マジかよ！！！　ひでえ!!　そんなの聞いてねえよ!!」

「誰がおじさんのふんどしを剥ぎ取る人が現れるなんて思いますか。マジかはこちらの台詞ですです！」

顔を赤らめて怒るカンナの横で、土だらけのブタサブロウもぶーぶー文句を言う。

「なにやってんだブタアキラ！　なんで郵便おじさんのふんどしを剝いじゃうブタ！　完全なる変態ブタ！」

「いや違うんだって、空中からふんどしを触ろうとしたんだけど、当然俺達普通のおじさんは空を飛べるわけでもないので、落下の勢いを殺せるはずもなく、そのまま手がふんどしを巻き込んで、持っていっちまったんだよ！！！」

その慌てぶりに、郵便おじさんは、流石におかしてく大笑いしてしまった。

「いやいや、全裸で笑うなよおっさん。いくらガキ共に見えないからって、完全に変態だからね！　いや、ひん剥いたのは俺だから俺も完全に変態ではあるのだが！」

この島は平和で、更にあにまるワールドの未来を担っているのかもしれない。島神としてでなく、NPOとしてでも、このプロジェクトに関わることが出来て良かったと、郵便おじさんは思うのであった。

「ああ、この島に来て、良かったビン……」

「来てもいいけど、これからはちゃんと着てこいよ。あとあんた、語尾の癖がえぐいね。ビンて……」

42　対決!!　ライオネス

　その日、進はワープゲートを使ってぶどう島を訪れていた。酒を飲まないという翔達へのお土産は、生傷が絶えないだろうということで、救急セット詰め合わせである。

「よく来てくれたな進君！　まず島を案内するぞ！」

　一応郵便ポストから手紙を送っておいたのだが、突然の訪問を翔は嬉々として迎えてくれた。

　浜辺にあるいくつかのみすぼらしい掘っ立て小屋に手をかざすと、満面の笑みで翔は島を紹介してくれる。

「あれが俺達の家だ!!　それ以外は何もない!!」

　本当にみすぼらしい。お世辞でも「まあ、なんてみすぼらしい小屋なんでしょうか」と言ってしまいそうなほどにみすぼらしい出来栄えである。本当にここに住んでいるのか。とにかく寝泊まりさえ出来たらいい、という観点で建てられた、屋根だけがある建物だった。

　その小屋の中には食器代わりとみられる大きな葉っぱにコップ代わりとみられる中くらいの葉っぱ。スプーン代わりとみられる小さな葉っぱが無造作に転がっていた。というか、それも進の目の前で風に飛ばされていった。

「本当に、スタンプで何も交換していないんですね。家具はおろか、食器すら……」

雑草は伸び放題。そして、何か丸くて白いゴミのようなものがカラカラと転がっている。

「西部劇でしか見たことない、名前もしらない丸い『アレ』が転がっていく……本当にあったんですね。ゲーム性は一体いずこに……」

完膚なきまでに進は呆然としていた。翔はパン屋の店主で経営者のはずだ。それなのに、この島の運営がうまくいっているとは到底思えなかった。

「いや、そこらへんは妹に任せていたからね！　俺は兎に角世界一美味いパンを作ることだけに命を懸けている、職人だからな！　山太郎さんと一緒さ！」

「いや、山太郎さんは全然生産性寄りの職人さんですから。一緒にしないでください。いやはや、本当にとんでもない島ですね」

「あっはっは!!　それほどでもないさ」

「いえ、まったく褒めていませんから」

珍しく辛辣なツッコミを入れてしまうほど、この島は進にとってもカルチャーショックであった。砂浜には数人の住人が集まっているが、全員が進に興味を示さず、浜にある岩に正拳を打ち込んだり蹴りを放ったりしている。

岩を砕く、というボーナス（5オジ）だけで生活しているというのは、本当だったようだ。

そんな労働中の島メンバーを翔は次々に紹介していく。

「ええと、あそこで連続突きで岩を砕いているのが俺の弟の巧だ。その隣で回し蹴りを岩に叩き込んでいるのは俺の従兄の雄介。テコンドーの達人だ。更に隣で岩に掌底を放っているのは甥の良太郎で、気功の天才だ。爪で岩を引き裂いているのは進君もご存じライオネス。その隣で岩で牙を研いでいるのが虎族のタイガージェット。岩に体当たりをしているのが狼族のウルフ。ああ、ハイエナのエナジーだけは武器を持って岩を砕いているな」

「へえ、ありがとうございます」

岩にどう対峙するかという情報のみで全員の自己紹介を受けた進は、真顔で会釈をするしかなかった。

ここに子供のあにまるがいなくて本当に良かったと進は感じた。いや、多分そもそもこの隠居のオジキンの方針自体、子供は必要としてなかったのだろうが。

だが、一人前の大人とあにまるが揃ってなお、こうもだらしなくなってしまうのか。

「本当、他の島の全ての様子は知りませんけど。多分、この島が一番汚いのは間違いないですね。男子校って感じなんですね」

「あっはっは!!　なるほど。男子校か。それは確かにそうかもしれないな!!」

「褒めてないですけどね」

それから進はとにかくご機嫌な翔と少しの間、島を見て回って（本当に、何も整備も開発もされていない、森や砂浜が広がっている、ただの島だった）島リーダーのライオネスと会話をする。

「よく来たなススムよ。ぶどう島は貴殿を歓迎しよう。きっと同盟を有利にするために、我々を言いくるめにやってきたのだろうが、この島のルールは力こそ全て。弱肉強食という言葉はショウから教わったが、それこそ吾輩のザユウノメイとさせてもらったのだ」

「なるほど。それは素晴らしいと思います。とてもシンプルで、分かりやすいルールです」

爽やかな笑顔で相槌を打つと、進はスーツの上着を枝にかけ、ネクタイを外して更に一つ横の枝に垂らす。

「さて、それでは始めましょうか」

「ん？　今、なんと言ったレオン？」

「え？　やるなら、すぐに始めましょうと言ったんですけど？」

「……何をレオン？」

「え？　島リーダー同士の決闘ですよ。やらないんですか？」

肩透かしを食らったような顔であっけらかんと戦いに誘ってくる進に、ライオネスは何も返せない。そんな獅子が銀玉鉄砲を喰らったような表情のライオネスに、進はニコリと笑いかける。

「……『弱肉強食』が座右の銘と仰いましたね。私のは『郷に入っては郷に従え』です。

私がぶどう島にやってきた、ということはつまりこの地を足で踏んだ瞬間から、そちらの郷に従う、という意味です」

何の計画も策略もない。ただ、この島に来て、この島のルールに則って戦いに来ただけ、その男は言っているのだ。それは確かに、完全にぶどう島のやり方であった。後の事は考えない。とにかく拳と拳で語り合い、そこから道を切り開く。鈍く、泥臭く、傷だらけの、最高のやり方だ。

ライオネスは心の底から沸き立つ爽快感と、目の前の男への尊敬の念で、笑いが込み上げてくる。

「…………ふ、フハハッハハハ！！！　気に入った!!　気に入ったレオン!!　なんと豪胆な男なのだ!!」

男として、森進を完全に認めた瞬間であった。だが、ライオネスには気がかりなことがあった。

「だが、貴殿は言っていたじゃないかレオン。決定は子供達にさせる、と。これではススムが負けると、自然と吾輩達の方針に従うことになるぞレオン」

「そうですね」

「そうだろう。だったら何故……」

「――だから、負けられないんですよ」

その言葉は重く、真っすぐにライオネスの胸に響いた。

「なるほどな……これ以上、言葉は野暮だレオン。やろう、ススム！」

「はい！」

返事と同時に、先に動いたのは進だった。

進が使う武道は合気道である。その武術は翔から聞いたところ、相手の攻撃を受けてから動くものだと言われていた。だから、油断があった。まさか、進から攻撃を仕掛けてくることなど、ないと。進はさっとライオネスの懐に入ると、両手を腹に当てて、押し出す。

「ッッッ！！？？」

重さもなく、衝撃もない。だが、気が付くとライオネスの巨体は宙を待っていた。

2メートルほど後方に飛ばされて、そのまま地面に着地する。と、そこにそのまま進が追い付いてきていた。着地の足を狙って、抱きかかえるように体当たりを繰り出す。

「なめるな!!」

ライオネスはそのまま足を蹴り上げて進を跳ね返す。

「おっと、あぶない」

物凄い風圧を真横に受け流して、進は一旦その攻撃をやり過ごす。紙一重にもかかわらずまったく焦りもない、左足を半歩下げて身体を斜めに移動させる。その動作だけでライオネスの攻撃を回避してしまう。

「うおおお！！」

すぐにライオネスの渾身のパンチが数発繰り出される。その拳を同じように進は体捌きだけでなんなく躱す。1、2、3、4、5、………そして6発目の右腕に合わせて手首を掴むとそのまま捻りを加え小手返しを繰り出す。

「なんの!!」

と進が捻った方向とは逆に抗おうと思ったが、両手で握られているのは手首で、それを進は自身の体重も合わせて捻ってきているのだ。流石の獅子族のライオネスでも、関節は鍛えられない。抵抗すれば壊れてしまうだろう。戦いの序盤からただの勢いで負傷するような愚かな行為は避けねばならない。だが、このまま進の思うように捻られては、身体が飛んでしまう。それも分かっていた。

――いや、それなら飛んでしまえばいい。

ライオネスは流れに任せてそのまま左足をグルンと回転させる。すると右足もついてきて一回転宙を舞う。投げた進にも一切の重さは感じないだろう。それもそのはずだ。進が投げようとした場所にライオネス自身が先回りしたのだから。両足で地面に着地した瞬間、後ろに進の気配を感じる。後ろを見ずに後方蹴りを見舞うが、今度はその足を脇の横に抱えられてしまい、進はそのまま投げに移行する。

――なんと。この足にも技をかけることができるのかレオン。

足を一度逆方向に捻った後、まるで助走をつけるようにまた反対方向へ戻す進。どうやら獅子族に対して、一切の容赦はないようである。このままではライオネスは真横にきりもみ状態となって地面に落とされてしまう。

「なんの！」

先ほどと同じように身体を流れに任せて、地面が見えてきたら右足を地面に突き刺すように差し出す。すると、ガツンという音が鳴って着地に成功した。一旦間合いを取ろうとそのまま身を後ろに投げ出すようにバク転を繰り返して、すぐさま攻撃を仕掛ける、が、それも躱される。だが今度は進も技には移行してこない。なるほど、当然だが、進だって絶対に相手の腕や足を捉えられるわけではない。手数が多いと技をかけられるリスクは多くなるのだ。

それを踏まえてライオネスが攻める手段は、小刻みにリズミカルにである。進も「攻撃を避ける動き」と同時に「流れを利用して技をかける」ことを行っているのだ。かなりの集中と、相手の攻撃パターンに対しての引き出しが必要となってくる。とはいっても進に関しては「身体の作りと可動域」が頭に入っているため、自分や相手がどんな体勢でどんな技をかけられたとしても、身体が無理をせずに流れてしまう方向に送るだけ、という認識だろう。

翔も二人（一人と一頭）の戦いを見ながら、自分ならもう何度投げられているのかを考えてしまう。

「いや、翔おじちゃん、あの人滅茶苦茶強いね」

甥の良太郎がやってきて興奮気味に翔に話しかけてくる。見ると、他のおじさんやあにまるも作業を中断して世紀の対決に見入っている。

「そうか。良太郎は合気道をかじったことがあったな。やっぱり進君は強いか？」

「うん。ていうかあの人、合気道の森進だよね？　全国演武大会を覗いた時に見たことあるけど。最後の方で演武披露してたね」

「なに！！？？？　じゃあ、進君って、合気道で日本でもかなり強いってことか？」

「まあ、合気道の大会って別に対戦じゃなくて技の掛け合いの先攻後攻みたいな、約束してある野球みたいなやつだから一概に強い弱いって世界じゃないけど。完全に達人の域には達しているよね、あの人。確か『小手の森』って異名で呼ばれていたよ」

只者ではないと思っていたが、まさかそこまでの実力者だったとは。合気道は相手の空気を読む武道と聞いたことがあるが、それもまた総務という彼のバックグラウンドに関わってきているのかもしれない。よく分からんが。

「ライオネスと互角げな、とんでもないおじさんタイ」

「ぎゃっぎゃっぎゃ！　今なら全員で襲えば完全に倒すことが出来るエナ」

「そんな卑怯な真似をしたら、お前をまず追放してやるからなガウ」

虎族のタイガージェット、ハイエナ族のエナジー、狼族のウルフも口々に進の動きを賞賛する。ちなみに、成人するとあにまるは自分で語尾を自由に選ぶことが可能になるのだ。

どれだけ攻撃をしてもうまくいかない。全ての攻撃が気が付くと進からの攻撃へと変わってしまう。ライオネスは果敢に攻め込みながらも、必死に頭を回転させていた。そして、一つの答えに辿り着く。

――よし、考えるのはやめるレオン。

抗わずに受ける。そう、ススムの技がそうなら、こちらもそうする方が対策となる。それこそ、郷に入っては、郷に従う。

ライオネスもあにまるコロシアムのチャンピオンである。

パワー溢れるゴリラ族、スピードタイプのチーター族、トリッキーな動きで相手を惑わすパンサー族など、戦いながら相手に合わせて戦い、王座の地位を維持してきた。ついた名前が「百獣王ライオネス」。その時その時に合わせて相手と対峙して、勝利してきたのだ。それは今だって変わらない。

果敢に攻めながらも、返される技をまたライオネスは超人的、いや超あにまる的な身体能力で全て受け止めていく。まるでダンスを踊っているかのような、猛スピードで繰り広げられる攻防に、ギャラリーのボルテージも上がっていく。

「小手返し、小手返し、あ、また小手返し。それでもバリエーションは全部違うし。『小手の森』は伊達じゃないってことか。そうじゃなくてもやっぱり四方投げとかはライオネスさんには使えないよね。あれだけ体重差があるとただの関節技にしかならないし、腕力で弾き返されちゃうのかな。だけど、よくあれだけ連続してやれるよね。そしてそれを身体能力だけで流していくライオネスさんも流石だよ。僕達の島リーダー。チャンピオンは伊達じゃないね」

「いやはや、凄いことになっているな！　見ているこっちが目が回るぞ」

「達人レベルの合気道の技を喰らうと、わざと相手が転んでいるんじゃないかってぐらい面白いことになるけど。実際はあれ、『転ばないと関節や身体の腱を痛めるから、転んで受け身をとるしかない』んだよね。進さんも手加減なしでやれて逆に安心かもしれないよ。普通ならとっくに地面に転がるか、関節が壊れてしまっているからね」

「そうか。ライオネスの身体能力と格闘センスだから、ああやって受け流せるわけだ」

「受け流すっていうか、ワイヤーアクションかってぐらいグルングルン回っているけどね」

「見ている分には滅茶苦茶面白いな」

サーカスか雑技団でも見るように石ノ森一族は目を輝かせて、バトルを眺めていた。

たった一人で相手の島に赴き、対決を願い出る。
既にぶどう島の全員が進のことを認め、その男ぶりに惚れ込んでいた。
天晴れな男であった。もう、天晴れすぎておじさん達は全員泣いていた。

今現在、この攻防はどちらが有利なのか。基本的にはライオネスの全ての攻撃をいなしつつ技を仕掛けているわけなので、進は途轍もない集中力を要している。疲労がないはずもない。

ライオネスの腕をとっては投げ、放り、転がす。その全てを空中を飛んで躱すことでライオネスは対処していく。

「まあ、攻防自体は互角だけど、長期的に見ると、これは進さんが不利かもしれないよね」

翔も良太郎と同じ意見だった。どんな攻撃でも、ライオネスの一撃がまともに進に当たれば、それだけで決着がつく。対して進はいくら投げても決定打にならない。ライオネスに受けられている時点で、勝つことが出来ないのだ。

やがて進のスタミナが切れて、その隙をついたライオネスが勝つだろう。

だが、誇り高き百獣王は、そんな決着を望まない。ぶどう島の面々はそれを確信していた。

ライオネスは進の手が離れた瞬間、宙返りで後退して間合いを取ると、ある提案をす

る。

「よし、これが最後の攻撃レオン。一番の速さで、一番の重さの一発を放つレオン。これを受けて技をかけることが出来たなら、それでススム。お前の勝ちとするレオン」

「いいんですか？　それだと私が優位ですよ。このまま私が疲れ切るのを待ってもいいのに……」

「たった一人でこの島へやってきて吾輩に挑んできた者なんて今まで誰もいなかったレオン。ススム、お前は素晴らしい精神と強さを持った戦士だ。その勇敢さに敬意を払わなくては、吾輩の誇りと、吾輩を王としてくれている、この島の勇敢な同志達が許さないレオン」

「……ありがとうございます。」

しばらくずっと見つめあう二人（一人と一頭）。

島に静寂が訪れる。

そして、ライオネスが動いた。

「うおおおおおおおおおおおおおおお！！！！！」

肩から斜めに一閃、全ての力を込めた、雷のような一撃を放つ。

「………………」

とらえたと思った。だが、目の前の進は残像となり、ライオネスの爪は空を斬る。同時にその手首を掴まれた。

この攻撃まで流されるか――。

勝敗は確定した。手首を返され、今回はそのまま転がされて、敗北の証としようとしたが、進の動きは更に続く。ライオネスの腰に手を添えたかと思うと、片手と腰をてこの原理で支えて、更に回転させる。

「ぐ、おおおおおお！」

ライオネスは地面に落ちることなく、宙を舞う。そして、また地面につこうとするのを進の手が複雑に回転して阻止する。まるで凧のように、ライオネスは空中を飛び回っているのだ。

「なんだこれ、さっきまでと同じような動きを、一度も足をつかずにやってる!!」

「ライオネスさんはどうやって回ってんのだし、進さんはどうやって回してんの？」

――なるほど。これはもう自分では降りられないレオン。

それは、ライオネスが払った敬意への、進からの答えだった。

受け流されたら負け、というライオネスの心意気。それを受け流した後に、ライオネスが受けきることも流しきることも出来ない流れに持ち込む。これは既にライオネスの力ではどうしようもない。実際、完全に進が勝利しているのだ。

そして、ふわりと、背中が地面につく。ライオネスには何の衝撃もない。

お互いまったく傷を負わずに勝敗がついた。結果を見てみると、拮抗していたとも言いがたい。進の圧勝であった。

怒りも悔しさも、何もなかった。全ての力を出し尽くした爽快感だけだ。雲一つない晴天を見上げて、ライオネスは笑った。

「ススム、お前の勝ちだ。お前達の島に従おうレオン。お前達の島の矛にも盾にもなろう。わかもの達のいるメインランドに行く時には先陣を切って、特攻隊にでもなんでもなってやるレオン」

そうライオネスが意気揚々と宣言すると、進は困ったように笑いながら首を振る。

「そんなことは言いませんし、絶対そういうのやめてくださいね。あ、そういうのをやめてください、という約束はしてもらいたいかもしれませんね。あ、あと小麦粉も欲しいです。勿論こちらからは山太郎さんの技術をお伝えします」

「ありがたい！　それはこちらも願ったり叶ったりだからな」

翔が嬉しそうに返事をするが、ハイエナのエナジーが口を挟む。

「いや、だが同盟を組むのだったら問題があるんでないかエナ」

「エナジー。一体何がだ？」

「だって、俺達はわかものに反旗を翻して攻め込もうって考えているエナ。それなのにおじさん島に優位な同盟を組んじまったら、それも出来なくなるってことじゃないかエナ」

「まあ、確かにそれはそうだな。同盟だけ組んでこっちはこっちで、あっちはあっちで、というのも無責任だしな。同盟の話自体をなしにした方が良いのか？」

「あ、いや、ですがそれは困ります」

そう、同盟を結ばなくては小麦粉が手に入らないではないか。勿論同盟関係にならなくてもワープゲートを使って貿易をすることは可能だが、そうなると、毎回ワープゲートのために50オジを消費しなくてはならないのだ。それはあまりにも効率が悪すぎる。

「確かに私が勝ちましたけど、それは私がそちらの郷に従っただけです。おじさん島としましては、前言ったことと方針は変わっていません」

「前に言ったこと、レオン？」

「ええ。おじさん島のことは、子供達が決める、です」

それは確かに以前翔とライオネスが訪れた時に聞いた言葉である。

「なので、子供達が納得するのでしたら、そちらの方針に従います」

「？　本気で言っているのか？　だって、そっちが勝ったんだぞ。そちらの優位な条件で同盟を組んでも俺達は何も文句は言わないんだぞ。それなのに、まだこちらに説得の余地を与えようっていうのか？」

はい、その通りです、と頷（うなず）いて、進は笑顔でライオネスに提案をする。

「なので、ライオネスさん。今度、うちの島に来て、授業をしてください」

43 管理人ミズホの由々しき悩み

「で、進さんがぶどう島に単身乗り込んで、勝っちゃったの？」

「はい。勝っちゃいました」

「でも、同盟自体をなしにされそうになったから、一度白紙に戻して、今度はうちの島にライオネスを招いて、授業をしてもらおうと約束をしてきたんじゃな」

「はい。約束してきました」

「それも全て、小麦粉の仕入れ先を手に入れて、からあげを量産するため、でござるな」

「そうです。全てはからあげのため、です」

「…………」

「…………」

「…………」


至って神妙に、真剣に事情を説明する進に、おじさん達は何も言えなかった。確かに本人は以前、自分が勝ちさえすれば全てうまくいくようなことを言っていた。言っていたのだが、まさか本当に単身乗り込んで、勝ってくるとは。

「まあ、山太郎の旦那は薄々気が付いていたんだろうけどな」

「すまん。本来ならワシが止めるべきだったんだろうが。どれだけ考えてもやはりなかなか良い突破口も見つからず。それならやはり彼らの弱肉強食のルールに則った方が良いのでは、と迷いが生じてしまった」

「いや、それをいうなら俺も実は二人が格闘漫画みたいなノリで手合わせするのをこっそり見ちゃってたんだ。だけど、まあ、正直進さんがなんとかしてくれるか、って放っておいちゃって、結局本当になんとかしてくれたもんだから……責めるに責められない感じだな、今のこの空気は。あはは」

行くならちゃんと相談してくれ、と言いたいところであるが、一度それをおじさん会議の議題にあげてしまうと、秋良達は認めるわけにはいかなくなる。進を戦いに送るなど、決められるわけがないだろう。それを全て分かって、進は独断という形で乗り込んだのだ。

「拙者は何も知らなかったでござる……まさか進殿がそんなに島のことを考えていたとは……。拙者はただただ自分が今度行う授業のことなんかでいっぱいいっぱいだったでござる。本当に自分本位の、駄目なオタク野郎でござる……」

悔しさに拳を握りしめ木林が俯くのを見て、進が申し訳なさそうに頭を下げる。

「いえ、これは全て私が勝手にやってしまった所為ですから。木林さんが気に病むようなことではありませんよ。そして、結果、うまく同盟を締結する、という成果も持ってこれていないのですから、島リーダー失格です」

「そんなことないぜ進さん。進さんのお陰で奴らはようやく交渉のテーブル、話し合いに応じてくれるようになったんだろう？　強い奴に従う、っていう状況を打破しただけで十分だよ」

「そうじゃぞ。それに本来なら相手のルールに則ってこちらが完全に有利な条件であちらを従わせてもいいにもかかわらず、それをせずに帰ってきたのは、誇りこそすれ恥じることではないぞ。進君はワシらが誇れる、最高の島リーダーじゃよ」

「秋良さん。山太郎さん。ありがとうございます」

進は嬉しそうに頭を下げる。いつもの島リーダーの表情に戻っていた。

「突然ですが、近日中にライオネスさんに授業をお願いしているので、その調整でしばらく忙しくなると思うんです。フラワー島の方々にも迷惑をおかけするかもしれませんので、それもお伝えしないといけませんね」

進の指示を聞いて、他のおじさん達もそれぞれの仕事や持ち場に戻っていくのだった。

◇　◇

フラワー島の管理人、ミズホはゲートの前に立っていた。

この、ピンク色の鳥居の形をした扉には「GO TO OJISANTO」と書かれている。これが通称マヴダチゲート。同盟島同士の特権として設置され、スタンプ使用が必要なワープゲートがいらなくなるのだ。

ミズホは、この前に立ち尽くして、もう五日目であった。

管理人の仕事もおろそかに、ただただジッとその鳥居を睨んでいる。

そんなミズホの横をフラワー島の住民でボディービルダーの森山力とヒツジロウがふんふんと鼻歌交じりで軽快に通っていこうとするのを、鋭く制止する。

「お待ちください！」

「え？　どうしたの、ミズホちゃん」

「どうしたヒツジ？　ミズホ」

ミズホは呆れ顔を隠そうともせずに、力とヒツジロウを睨みつけると非難する。

「ええ？　そんなに簡単に通りますか？」

「いや、行くでしょう。だってそのための同盟で、そのためのマヴダチゲートなんだからさ」

「そうヒツジ。今日はススムのコクゴの授業の日だから。『おじさんよ、胃痛を抱け』というお話を聞かせてくれる、っていうから昨日から楽しみにしていたヒツジ！」

「俺も体育の授業でボディービルの実習をやりたいって何度も申請しているんだ。それのプレゼンに行きたいんだけど」

「そんな……講師として招かれようとしているなんて、なんていう策士なんでしょうか！　完全に勝ち組ではないですか!!　自慢ですか⁉　私へ対しての皮肉ですか⁉」

早口で捲し立てられキッと睨みつけられるが、まったくいわれのない非難なので、力は普通に困惑してしまうだけである。

「いや、ていうかそれが同盟ってものだからねー……」

「他の皆も好きに行くし、向こうのあにまるとか、ネコミとかよく遊びに来るヒツジ」

「お遊び感覚でよその島に出入りするなんて……！！　なんてフシダラな！！！」

「あ、いや、だからお遊び感覚、というか、実際に遊びに来るわけだから。ていうかおじさん島の皆、この間全員で泊まりに来たじゃん……」

力とヒツジロウが何度説明しようとしてもミズホとはまったく嚙み合わない。ただミズホは癇癪を起こすように何度も頭を前後や左右、斜めに振って文句を言うだけである。

「それにしてもです。ちょっと簡単にくぐろうとしすぎです。行くにしてもですよ！　行くにしても、軽々しすぎるのはよくないと思いますよ」

「えぇーーー。じゃあなに。重々しくいけばいいの？　ズーンと落ち込んで？　そんなの、向こうに行って気を使われちゃうよ。『何か嫌なことでもあったの？』って」

「……ああ言えばこう言う。人の揚げ足取りは控えてください」

「いや、ミズホちゃんの方が俺達の足を完全に止めているわけだけどさー。揚げ足取って」

こんなやり取りを続けていても、いつまで経ってもらちがあかない。とはいっても、何故ミズホがゲートで身動きが出来なくなっているのか、フラワー島の全員が理解していた。彼女はおじさん島にいるバンダナ長髪眼鏡のおじさん、木林裕之（52）に完全に惚れているからである。

それも、あにまるワールドに来る前、現世に於いて、彼女が仕事で落ち込み、闇に落ちてしまっていた時に、ネットゲーム内で、遠隔的に魂を救ってくれた、命の恩人。神のような存在なのだったのだから無理もない。だから、ミズホは木林のことをアカウント名の「びろぢ」と呼んでいた。

「木林さんに会いたいんでしょう？　だったらおじさん島に行けばいいじゃん」

「あのね、そんな簡単に言わないでください。皆さんには小さなただの鳥居かもしれませんが、私からしてみればこの鳥居の向こうはびろぢ様という、神様がおわす、高尚な門なのですよ」

「いや、そんな大袈裟な。というか、鳥居ってそんなもんじゃね？」

「大袈裟(おおげさ)ではありません。そうでなくてもです。この鳥居をくぐるとびろぢ様に会える。いわばここはびろぢ様の家の玄関みたいなものですよ」

「いや、それも多分違うと思うよ。木林さんの住む家がある、島の入り口だから。ここをくぐってもまずは砂浜が広がっているだけだから、木林さんにすぐ会うわけでもないから、大丈夫だよ」

「だからー、島の入り口、それが即ち(すなわち)びろぢ様の家の玄関と同じなんです私にとっては！！！」

「空港は国の玄関、みたいなものの例えだとは思うけど、なんとなく言っていることは分かるけど。ここでこんなに尻込みしてたらいつまで経(た)っても行くことが出来ないよ。とりあえず行ってみないと、行ってから考えようよ」

「そんな軽々しく。行って、びろぢ様がいたらどうするんですか！！！」

「いや、そらいるでしょうよ。会いに行っているんだから」

「あの凛々(りり)しくも優しく温かい瞳で見つめられたら、私の心臓が爆発して、死ぬでしょうが！！！！！！！！！！！！！！　私の心臓を爆発させて殺したいのですか？　この人殺し！！！！」

「えええええええええええええええ！！？？」

もう言っていることが無茶苦茶である。つい先日、木林がフラワー島にやってくる前まで、彼女は青い髪にきちっとしたスーツ姿でクールに管理人の仕事をこなしていたのだが、いまやそれもみる影もない。木林のこととなると、完全にポンコツであった。

「こんなに、一瞬でポンコツになることってある？」

「よく分からないけど、これが恋の力、っていうことヒツジ？」

「まあ、そういうことなのかな？　子供にはまだ早いかな。いや、こんな感じには大人になっても見習わない方がいいかもな」

「逆あしながおじさんヒツジ」

「お、うまいこというな。そんなもんだな！　短足お姉さんってとこか。あっはっは！こいつは一本とられたな！」

「何がおかしいんですか！　誰が短足ですって⁉」

もうミズホはカンカンだった。なので、ヒツジロウが慌てて取り繕(つくろ)ってフォローを入れる。

「え、と。ミズホはどうしたいヒツジ？　あんまり軽々しく向こうには行きたくないということヒツジ？」

「行きたいですよ！！！！！！！　行きたいに決まっているでしょう！　ヒツジロウさん何を言っているんですか⁉　いつ私が行きたくないなんて言いましたか⁉　寝ぼけているんですか？　羊だけに。羊が一匹羊が二匹って、眠れない時に数えるんです。だからそういう意味で寝ぼけているのかって言いました。行きたいけど行けない！　という思いが何故理解出来ない、何故汲み取ってくれないのですか。まあ、そうですよね。分かるわけがありませんよね。分かっていたらこんなに私が、胸が爆発しそうな想いで、切なさが世界の色を変えてしまったようなこの眼差しで、五日も目の前の鳥居を見つめているにもかかわらず、そんな私の前で、呑気に鼻歌を歌いながら、まるで近所へ遊びに行くかのように、びろぢ様のいるおじさん島に行こうなんて、そんな惨い、地獄のような所業が出来るわけもありません。私が馬鹿でした。はい」

「…………」

「…………」

力とヒツジロウは無言で顔を見合わせて、お互いこう思った。

——鬼ほどめんどうくさい、と。

（あのさ、俺、早く行きたいんだけど）

（僕もヒツジ。早くしないと授業が始まってしまうヒツジ）

だが、この玄関口にはちょっとよく分からない不機嫌な出国検査官が立ち塞がっているのだ。

彼女をなんとかしなくては、どうもおじさん島には行けないようだ。共にゲートをくぐる道を模索する。

「ええと。ミズホちゃんも一緒に行く？　同盟を結んでから、まだ一度もおじさん島に行けてないよね？　別に管理人の行き来は規制されてないし、向こうのカンナちゃんもよく遊びに来るしさ。ほら、俺達と一緒に行けばミズホちゃんも勇気が出ると思ってさ」

「いえ、ですが、他の男性と、ましてや半裸の男性と一緒にゲートをくぐっている姿を、びろぢ様に見られたく、ありません」

「…………」

——クソめんどくせえ。

力は面倒くさかった。もう、らちが明かないと、ここで目配せして、自身の鍛え上げた身体でガードしながら、なんとか子供のヒツジロウにマヴダチゲートをくぐらせた。あれだけ楽しみにしていた進の授業になんとしても間に合わせたかったからである。ここでもフラワー島のポリシーであるあしながおじさんとしての役割をしっかりと果たすのであった。後は、ミズホをどうやっておじさん島に送り込むか、なのだが、それが皆目解決出来る気がしない。一番簡単な方法は彼女を抱えてゲートに放り投げることだが。今すぐにでもそれを実行したいのだが。

結局、彼女が行き来出来ない上に、いつもゲートをくぐる際に今みたいにイチャモンをつけられるとなると参ってしまう。

もう、自分一人で考えてもどうしようもない。

力は一旦家に戻って、他のおじさんを呼んでくることにした。

フラワー島はおじさん島と違い、基本的におじさん会議というものはしない。島リーダーの明日夢が色々と考えて個別に話を聞いて島の方針を決めるのだ。勿論その際に偶然四人が近くにいる時は会議のようになったりはするが、あまり四人集まって話をしない。

それは当初、あにまるの子供達に、おじさん達が常にまとまって何か話をしていたり行動をしていたりすると、余計な不安を与えかねないと思って決めたことで、それも今となっては問題はないのだが、いつの間にかそれが習慣となってしまったということである。

そんなフラワー島にて、初めて、おじさん四人が意図的に集まり話し合う議題が「ミズホにゲートをくぐらせる方法」であった。

四人がゲートの前でミズホと対峙する形で、話し合う。

「そうですか。というか、予想通りではありますが。やはりどうしても行けませんか」

島リーダーの明日夢は眼鏡を片手で支えながら小さくため息を吐いた。彼はこの状況も想像していたに違いない。

少し考えて、ミズホにある提案をする。

「目を瞑って行ったらどうですか。それなら地続きですし、気が付くとおじさん島を訪れていますよ」

「いや、空気が変わるのが分かりますし、目を瞑っていてもびろぢ様がいる島に来てしまったらその時点で身体が硬直して、そのまま全身から汗を流して気絶してしまうでしょう」

何を馬鹿なことをと、キッと見つめられ、否定される。だがこれぐらいでめげてはいられない。次に力が提案する。

「物理的に行けないというよりか、精神的な理由が一番大きいんだと思うよ。後ろめたさというか、遊びに行く感覚をミズホちゃんはあまり好きではない。義務的なものになればまた話は変わってくるんじゃないかな。俺さ、秋良君からビールをもらいに行く予定があるんだけど、それをミズホちゃんに頼んでもいいかな？」

「私がビール好きと思われたらどうするんですか。私はびろぢ様にお酒も飲まない清純な女の子だと思われたいんですよ。絶対に嫌です」

次に観測員の博昭が提案する。

「木林さんがいるから、緊張しすぎて行けないんですよね。それなら、木林さんがいない時におじさん島に行けばいいんじゃないですか？　それか、木林さんを進さんにお願いして追放してもらえば行けるのでは？」

「それ、何の意味があるんですか？　いないのに行って、何の意味があるんですか？　おかしいんですか？　馬鹿なんですか？　博昭さんはお気に入りのラーメン屋さんに行く時に、わざと定休日なのを調べて定休日に行きます？　店が潰（つぶ）れているのを確認して行きます？　行かないですよね。店がやってないんですから。一体何を言いたいのかさっぱり分からないです」

「……」

「……」

「……」

頂上的侮蔑的（ぶべつてき）な視線を浮かべ、四人のおじさんを見据えるミズホ。彼女は更に彼らに追い打ちをかける台詞（せりふ）を放つ。

「……皆さん。他に発展的な意見はありますでしょうか？　どうも皆さんの考えには合理性も生産性も微塵（みじん）も感じられませんが、もっと真面目に考えてくれませんか？」

——クソめんどくせえ………。

ああいえばこういう。まったく意見を聞こうともしない。これだけ反論されると、もはや彼女自身、本当は行きたくないのではないかと錯覚してしまう。

だが、我慢の男、島リーダーの明日夢は諦めない。

「これは深掘りした方がいいかもしれませんね」

「深掘り？　どういうこと？」

「木林さんに対する思いをミズホさん自身が再認識して、それを僕達も共有して、どうすれば彼と顔を合わせることが出来るようになるのか、紐解いていくのです」

「カウンセリング的なヤツね。あんまり深く潜らない方が良いと思うけど……。浅瀬でも俺達かなりミズホちゃんのバタ足で溺れてんだけど……」

良の言うことがもっともだと、明日夢も理解していた。だが、それでも島リーダーとして、ミズホの夢を叶えてあげたいのだ。そう、明日夢もまた、島を率いる指導者としての気持ちが、芽生えようとしていた。

「……私がＨＯＺＵＭＩとして闇に潜ってしまった時、そうそれは本当に地獄でした。毎日徹夜して、ログインしたまま気絶するように寝落ちして、ただただログが加算されていき、掲示板でPK（プレイヤーキラー）を見つけるとすぐさまそのフィールドに向かいPKK（プレイヤーキラーキラー）を行う。運営から手に入れた最強の武器『キルタイムヘルタイム』があったので誰も私には敵（かな）わない。ですが私の心は一秒たりとも満たされることはありませんでした。屍（しかばね）を生まないために屍を生む、という心意気すらその頃にはなくなっていて、まるでそうプログラムされたAIのようにPKKを繰り返す。そんな時、そんな時にあの方は私の前に姿を現してくれました。びろぢ様。そう、私と同じく至高のゲーム『WWWⅣ（ウォーリアーズウォーマーズウォーフォー）』を作り上げたあの方、穢（けが）れたこの腕を掴（つか）み、掬（すく）い上げてくださった……。その時のびろぢ様の言葉は今でも思い出せます。『HOZUMI殿、共にこの世界を再生させましょうぞ』と。『拙者（せっしゃ）とHOZUMI殿はこの世界でいう、父と母みたいなものですぞ』とも仰（おっしゃ）いました。またある時は『HOZUMI殿、拙者昨日寝落ちしたままプレイして、気が付いたら知らないフィールドにいたでござる。あはは』なんてお茶目なことも。ああ、あの時のびろぢ様は本当に可愛（かわい）かったな。スクショも沢山撮ったし。そういったことで私の心を溶かしてくれる、ユーモアもあって誠実で、それに凄腕（すごうで）のプログラマー、善意のプレイヤー。最高の方ですびろぢ様は。それはご本人の木林裕之様にお会いしても変わらず、何もかもが私の想像通りの素敵な方で、うさぎのように愛らしくゴリラのように逞（たくま）しく、リンゴのように

……………」

「……………」

ミズホの話を聞き始めて30分。言い出しっぺの明日夢の目ももう死んでいた。

恨めしそうに明日夢を睨みながら力が言う。

「明日夢君の所為で、ミズホちゃん歯止めが利かなくなっちゃったじゃないか」

「いや、すいません。まさかこんな感じになるとは」

「だけど、ミズホさんがこれだけ慕っている理由がよく分かりましたね」

「そうだね。本当に木林さんのことが好きなんだね」

博昭と良が、ミズホの熱量に感心したように微笑む。

「ネットで救われてなんて、かなり素敵な話じゃないか。ねえ、明日夢君」

話を振られた明日夢だが、そこは苦笑を浮かべて首を横に振る。

「あ、いや、僕はそんなでもないかもしれませんね」

「明日夢君？」

「だって、ゲームの中だとはいえ、かなり悪いことをしていたミズホさんを、ＰＫせずにそのまま野ざらしにして、仲間として迎え入れるなんて。なんだかヤンキー漫画で散々悪事を重ねていた敵が、次の敵が現れた瞬間仲間になる、その時に感じる違和感みたいな、ご都合主義的なものとまったく同じものを僕は今感じています」

「明日夢君！」

突然正論を並べ立て始めた明日夢を周りは大慌てで止める。

「明日夢、さん？」

タイミングの悪いことに今の言葉をミズホも聞いてしまったらしく、木林の話も中断してしまい、その瞳に動揺が見て取れた。

基本的に根は良いし物腰も柔らかい島リーダーだが、明日夢には一つ特徴があった。それは真面目すぎる点である。突然歯に衣着せぬ物言いで、周りの空気を読まずに完全に自身の本音を喋り出してしまう所が彼にはあった。まさかここでそれが発動するとは思わなかった他のおじさん達。それには慌てて力もフォローに回る。

「いやいや、明日夢君は花屋だろう？　それこそ君だって、花屋の店員さんに惚れた客の話とか、ピアノコンサートで正体を知られずに花を渡すために買っていくお客さんだっているだろう？」

「いや、そういうのまったくないですね。あ、勿論プロポーズやプレゼントの花束なんかは頻繁に出ますけど、精々ドラマチックといってもそれぐらいですかね。名前を告げずに花をもらったところで、相手は気持ち悪いし捨てられる花も可哀そうです。自己満足の道具にだけは使ってほしくないですね」

「あ、いや。そ、それはそうだけどさ」

雲行きがおかしくなっているが、どうしようもなさそうだ。何故なら変な空気にしている明日夢本人が何も気が付いていないのだから。

「だ、だけどさ!!」

「木林さんにとってミズホさんはゲームを混沌に陥れた魔王のような存在ですからね。そんな魔王がこんな世界まで追ってきたとなって、果たして木林さんはドラマチックだと思ってくれるのか……」

「明日夢君!!」

「明日夢君！」

「明日夢さん！！！」

「………明日夢さんの言う通りですね。私がびろぢ様に会って、話す資格なんて、ないですよね」

明日夢から正論のハンマーで殴られ、呆然とするミズホの瞳からポロポロと涙が零れ、しまいには号泣し始めた。

「も、もう!!　明日夢君！」

「え？　僕ですか？」

「なんでここでトドメを刺しちゃうんですか。木林さんのために謎を突き止めこのあにまるワールドにやってきたんですから。なんてひどいことを言うんですか!!」

「あ、いや、すいません」

「もう、どうするんだよ。これ、魔王泣いちゃったじゃん」

こうなったら勇者でも来てくれないと収集がつかない。フラワー島のおじさん達は心から願った。

その時、マヴダチゲートから、一人のおじさんが姿を現した。

「こんにちは、でござる」

そこに顔を出してきたのが、先ほどから1時間以上話題に上っていた時の人、木林裕之その人であった。

木林はその場に複数人いることに少し驚いた顔を見せたが、ミズホの姿を見つけると、笑顔を見せた。

「あ!! 良い所にいたでござる。ミズホ殿!」

「………………………………………!?!?!?!? び!!?? びろ、び

ろ、びろ…………ッッッびろっち、さ、様！！？？？」

「ミズホ殿。拙者、今度子供達の前でプログラミングの授業をやるでござるのですが、助手として助力していただけたら凄く助かるでござる」

「じょ、じょじょじょじょじょじょじょじょ、しゅ、ですか？」

「大丈夫でござるか？」

「…………は、はひ」

　その問いにミズホは口から泡を吹いてしまいそうなほどに赤面をしながらも、なんとかうんうんと、何度も頷いた。

「それはよかった！　とても助かるでござる!!　早速打ち合わせをしたいから拙者の島に来てほしいでござる。あ、力殿。丁度良かった。今日は進殿の授業が長引いてしまっているのと、諸々の調整で手が回らないみたいで、申し訳ないですけどプレゼンは明日に変更しても大丈夫でしょうか？」

「ああ、全然構わないよ！」

「進殿が本当に申し訳なさそうにしていたでござる。さあ、それではミズホ殿、我々は行きますぞ」

「ッk津yッッjjtgjaogojpakgorkohgjjojosojfod gosjgosfd」

そのまま、惚(ほう)けた表情のミズホは手を取られ、木林に連れられていった。

後に残ったのはおじさん四人。沈黙というか、ため息というか、虚無感というか、無情な雰囲気だけがそこには残り、佇(たたず)んでいた。

「………いや、ずるくね？」

「ああいうところなんだろうな」

「うん。あの見た目で、滅茶苦茶モテるんだってさ」

「あしながおじさんだとか、影でどうとか、言っている場合じゃないですね。僕達」

そしておじさん達はとぼとぼと家に帰り、木林からもらったビールを開けて、一杯飲んだのだった。おじさん達の絆は前よりも深まったという、お話である。

44　ライオネスと授業をしよう!!

「さて。皆さま。今日の授業はあにまるワールドの『現代史』ですね。臨時講師として、ぶどう島のライオネス先生に来てもらっています」

場所はおじさん島の学校内教室。進が笑顔でライオネスを紹介すると子供達は元気よく声をあげる。

「ライオネス先生、よろしくネコ!!」

「やっぱり獅子族は迫力あるブタ!!」

「よろしくお願いしますズメ。ライオネス先生」

「……ちょっと怖いリスけど、お願いしますリス」

「ふん。成あにまるがどれほど我が世界の知識を持っているか、見物パンダ」

仲間のはずのパンダもこの島のルールにはしっかりと従う。普通にライオネスが授業をするのを楽しみに椅子に座って待っている。

「それでは、お話をお願いします」

「………」

この時点でライオネスは拍子抜けしていた。

ぶどう島での戦いで完全に負けたにもかかわらず、何故こんなチャンスをもらえたのだろうか。それこそ進の座右の銘「郷に入っては郷に従う」という信念に沿って、ぶどう島で進はそのしきたりに従い、彼らと戦った。それならぶどう島は進の、おじさん島の方針に従って当然ではないか。

ライオネスの生き方は「弱肉強食」である。強い者が勝つ。わかものの支配を受けているのは我々が弱いから。もっと強くならなくてはならない、という理念だ。

他の島では相手方のおじさんにあちらの世界での欲求をくすぐった後、力と力の戦いに持ち込み、それを制して、従わせていたのだが、どうにもこの島は勝手が違う。というか逆にそのフィールドに持ち込もうとしたら相手側の分野に引っ張り込まれたようだ。いや、そもそも力でも負けてしまったために、今度は進のいう、おじさん島の「郷」とやらに、こちらが引きずり込まれてしまったのだ。

だが、ここからの一発逆転だって、不可能ではないだろう。おじさん達への誘惑だって、効果はあったはずだ。翔の従兄の雄介が言っていたことがある。

現代に生きるおじさん達は、最初は無人島生活に憧れを抱いているから、家づくりや食料の調達、火おこしなどを楽しむ。日々の労働から解放されて、自由なスローライフを堪能するのだ。だが、しばらくすると、やはりその生活にも慣れがきて、ある感情が小さく芽吹く。「もっと便利に生活をしたい。前の生活に戻りたい」という気持ちである。おじさんは人生の半分を文明の利器と共に生きてきたのだ。テレビ、娯楽、グルメ、スポーツ、魅力に溢れたものが当たり前にある世界を歩んできていた。

翔はある言葉を思い出していた。おじさん島のことを教えてくれたフラワー島の森山明日夢という眼鏡の優男だ。

彼は言った。おじさん島を負かすことが出来たら、無条件で傘下に下ると。

――なるほど。流石は一位の島といったところか。芯がしっかりしている。

だが、話はそんなに複雑ではなさそうだ。これはチャンスだ。

進はこの島のことは子供達が決めると言った。つまり、子供達が決めたことなら大人も従うということだ。

今ここで、ライオネスの授業であにまるの子供達を説得出来たら何の問題もないではないか。考えてみると、それはおじさんを説得するよりも簡単に違いない。

あにまるの子供達もわかものからは理不尽な支配を受けてきた。それから解放されるのだから願ってもないチャンスである。

それを意識して、ライオネスは気合を入れて黒板に向かう。

「えーーと、では今から授業を始めるレオン。まずあにまるワールドの過去から教える。

これは絶対にわかもの連中から学ぶこともないことだが。そう、むかしむかし、そもそもわかものがいなかった時代があったレオン。平和な時代。この時代を『キングあにまる時代』と呼んでいるレオン」

そして、あにまる語で「キングあにまる時代」と板書して、ライオネスはハッとなった。

「ああ、そうか、皆第一施設ぐらいの年齢だったレオン。あにまる文字は読めないレオンな。すまないレオン」

「読めるネコ!!」

「は？」

バツが悪そうに謝ったライオネスの言葉を打ち消すように、弾けるような笑顔で手を上げたのは猫族の少女ネコミだった。彼女だけではない。他の子供達も、全員あにまる文字が読めると、元気よく手を上げる。

「それに『キングあにまる時代』についても、少し教えてもらっているブタ！」

「元々あにまるだけで文明はそんなに発展していなかったですけど、それでもあにまる達は楽しく暮らしていたって、教わりましたスズメ」

「別名、『旧時代』とも呼ぶでリス」

「はあああああうがらおおおおおッッッ！！！？？？？？」

子供達の返答にライオネスは驚きすぎたあまり、最後ちょっと吼(ほ)えてしまった。

あにまる文字もそうだが、あにまるの歴史を教えることなど、わかもの達の世界では重罪である。それを何故、こんな離島の子供達が知っているのか。そんなことが、ありえるのか。

「し、失礼レオン。一体どこで……あにまるの中でも上位の者しか学ぶことが出来ないはずのあにまる文字とあにまる史を学んだレオン」

ライオネスですら大人になり、メインランドの中央で拳闘士として働くようになり、地下活動家からあにまる文字やあにまる史を習い、知ったというのに。それを彼らは一体どこで……。

「あのなライオネス。……我パンダ」

「は?」

ライオネスの疑問に答え、気まずそうに手を上げたのはパンダである。というか、彼以外にそれを教えられる者は、確かにこの島にはいない。

「我が、この愚民共に教えてあげているパンダ。この教室で、授業としてなパンダ」

「は? そんなことをわざわざ、王自らがでありますか? というかそもそも、一体誰が考えたのですか、この学校などという制度も」

「決まっておろう。うちのふざけた島リーダーーパンダ」

忌々しく紹介された進が、ニコニコ笑って手を振って応える。

「…………」

ライオネスは絶句してしまう。なんなんだこの島は。『はたらけ！　おじさんの森』というプロジェクトはこのようにあにまるへ知識や文化を還元させることが出来たのか。どうやってあにまるの王パンダを島民にしたというのか。オンセンとはなんだ。パンダ族はわかものですら支配下にはおけないから、軟禁状態にされていたというのに。

ライオネスの頭に様々な疑問が浮かんで錯綜する。

彼らは一貫しているのだ。そう、この島のおじさん達は、子供達のことを考えている。だから安い挑発にも乗らなければ、あにまるに色々と学ばせようと考えている。

それは、即ち、ライオネス達がわかものの支配からあにまるを解放したその後に実現したい世界、そのものではないか。それが既に、この島にはあるというのか。

「ライオネス先生。話を続けてくれブタ。キングあにまる時代から、数人の『ニンゲン』っていうのが来て、それから徐々に支配されていったという話ブタ」

「というのも、そもそもパンダがあにまるワールドの発展のために願ったと聞いてますスズメ」

「だけど、結局その『ニンゲン』に支配されてしまったから、パンダ一族は負い目を感じているリス」

――それは知らん。そんな詳しい事情は吾輩も知らんレオン。知らない情報を先生に流し込むのはよせ。

実際にそれが事実ならパンダ族が犯した罪についての話だろうから、絶対に自分の口から言いたくないはずだが、それすらもパンダは歴史の授業として説明をしてしまっているというのか。それだけでこの島にどれほど心を許しているのかが窺(うかが)い知れる。

「気が付くとニンゲンは勢力を伸ばして、あにまるを凌駕(りょうが)するようになったでスズメ」

「このままではあにまるワールドは滅ばされてしまうと思った世界の王パンダはこの世界の『母なる神(マザーママ)』と契約して、ニンゲンを35歳で視(み)えなくしてしまうよう『やくそく』を改ざんしたブタ。パンダ族だけが使える『白黒の世界(モノクロ・ザ・ワールド)』を使って!!」

「いや、もう吾輩(わがはい)が授業を続ける余地がどこにもないでレオンだが……」

ここの子供達は完全にあにまるの歴史を学んでいる。というかライオネスの方がもっと話を聞きたいぐらいである。もうライオネスは、恨めしそうにパンダを見るしかない。

「なんだその目は。愚民共に我が世界の歴史を教えて、何が悪い」

「た、確かに、悪いことではないですが、いくらなんでも全部が全部教えすぎではないでしょうかレオン」

「ライオネス先生。歴史の話は現在まで来たけど、要はそれに反旗を翻(ひるがえ)すって話だろうブタ」

「どうするつもりでスズメ？」

「あ。ああ。そこが肝心だったなレオン……」

そうだ。歴史は歴史。子供達がそれを自分より詳しくても今はそれは問題ではない。現在、支配されているこの状況を打破するための話が必要なのだ。進はこの島の方針は子供達が決めるといっていた。他の島はやはりおじさんに決定権があり、そのおじさんを倒すことで同盟を取り付けていたのだ。

そうだ。過去の話などどれだけ語ったところで意味はない。現実の話。未来の話。これから、この子供達を説得してしまえばこちらの方針と気持ちを共にしてくれるのだ。それで一発逆転だ。

ゴホンと咳ばらいをしてから、ライオネスは席についている子供達を見て、語りかける。

「とにかくまずは仲間を集めるレオン。全ての島を回って、なるだけ大きな同盟を組むつもりだ。そして、最終的にわかものを攻めるレオン」

「そちらには他に誰がいるブタ？」

それにはまず、翔が答える。

「おじさん側には武道の経験者ばかりがいるね。私の空手の他にボクシング、テコンドー、気功の達人等がいるよ」

「あにまる達は？」

「獅子族に虎族、こちらも攻撃に特化した種族はしっかり取りまとめてあるレオン。ある程度仲間が増えたら1000オジを使って本土に行き、誰かが手引きする。それにはショウ達、おじさんの協力を得るつもりだレオン」

「なるほど。それならあにまるが動くよりもバレる可能性は少ないかもしれないブタ」

まず、本土に潜入するのがおじさんなら、見えている時点で隠居ではなくわかものとみなされるのだから多少老けていても大丈夫だろう。

「それで、それからはどうするネコ?」

「ああ、それからはそのおじさんの手引きで吾輩達の島、ぶどう島に集まったあにまるやおじさん達、更には元々メインランド奪還を計画していた各地にちらばる同志達を本土から手配した船に乗せて、メインランドの中枢、神々の塔まで運ぶレオン。後は全員でそこに攻め込んで、塔を制圧すれば目標達成レオン」

「その塔には何があるんでスズメ?」

それにはパンダが答えてくれる。

「神々の塔にはあにまるワールドを司る『母なる神』があるパンダ。この世界でそれを扱って通信することが出来るのが、唯一パンダ族だけなんだパンダ」

「そうか。『白黒の世界』を使うブタな」

「その通りレオン」

パンダ族だけが「やくそく」を改編することが出来る。これはわかものにも触れられない。かといってこれもまた「やくそく」でパンダはおろか、あにまるにわかもの達は危害を加えることは出来ない。なので、支配という名目で、陰宮に送り、パンダ族を生かし続けることが、わかもの達の世界を今のまま、進めていくことに繋がるのだ。

きっとそういったことも子供達は知っているのだろう。こうなると、しっかりと授業で説明をしてくれていて助かるものである。

「じゃあ、そこにパンダを連れていけば、勝ちってことブタ？　わかもの達はパンダがいなくなって、凄く焦っているだろうなブタ」

「そういうことだレオン」

「母なる神」と交信して、パンダが「やくそく」を改編する。神々の塔を制圧すればなんとかなる見込みが本当にあるようだ。

「あの、あにまるの同志、っていうのは、何匹いるんでスズメか？」

「千はくだらないレオン」

「相手は？　わかものは何匹でスズメ？」

「塔の周りには警備がいるが、結局それもあにまるがやっているレオン。そっちを説得するのは簡単で、後は中にいるわかものはたいした数じゃないから、倒せばいいレオン」

「倒すというのは、殺すという意味でスズメ？」

「いや、それは出来ないことになっているからな。それこそ『母なる神』との『やくそく』で。制圧する、ということレオン」

「あにまるの自由のために、今度はわかものを支配してあにまるの世界を取り戻す？」

「……それもやむをえまいレオン」

いつの間にか質問攻めである。射貫くようなチュンリーの瞳に、ライオネスは思わず怯んでしまう。

雀に睨まれて怯むライオンを目の当たりにして、おじさん達は目を丸くしていた。

「さあ、この計画を実行すれば吾輩達の手にこの世界を再び取り戻すことが可能だレオン。子供達よ、吾輩達の計画に賛同してくれるな？」

これで色よい返事さえもらえればおじさん島の協力が得られる。ライオネスは焦りながら返事を待ったが、コリスが冷静に腕を組んで、不思議そうに呟く。

「確かに、秘密裏にメインランドに渡って『母なる神』を制圧する、というのが一番、というか唯一の手段なのは分かったリス。でも、それなら同じような計画だった、10年前のヤングタウンの反乱はなんで鎮圧されたリス？」

「な、何故それを……!?」

知っているのかは決まっている。ライオネスは再び困ったようにパンダを見据える。

パンダはもうその視線を無視するように白々しく黒板の斜め上を見つめている。

「………ヤングタウンの反乱はあにまる側の統率がうまくとれていなかったレオン。編蝠族や蛇族がわかもの側に寝返って情報を流したから。結局はパンダ様を獅子族が独り占めすることが許されなかったレオン。当然、そういうつもりはないのだ。だがあにまるの中にはそう考える分子もいたということレオン。今回はそのあたりの裏切りやすい種族は最初から外しているから、まあ、問題ない、と、思う、レオン。そ、それに今回はショウ達もいるから、わかものを欺くことが可能だレオン」

「でも、ぶどう島にはハイエナ族がいると聞いているでスズメ」

「う……確かに、奴はまったく信用出来ない者だが……。今の計画を話した時にも何か怪しげな発信機にメモをしていたような。それでも、いや、確かに……」

鋭い。この雀族の少女は一体何者なのだろうか。普通に施設生まれ、施設育ちなんてことはありえない。こちらにとって突かれたくない、的確なことをその嘴で突いてくる。確かにハイエナのエナジーは怪しい。ずる賢いし、過去を語ろうともしないし、本当に奴を信用していいのか、とは毎日考えることである。

話しながら段々と自信がなくなっていくライオネスだが、要はとにかくその中枢にあるという神々の塔さえ占拠してしまえばなんとかなる、という話である。

「どう思うブタ?」

「分かりませんでスズメ。『母なる神』にわかものが少ないとしても、そこにどれだけのセキュリティがあるのかも分からないですしスズメ。多分、過去の反乱のことや、本当の本当に世界の中枢だったら、奪われてしまうと終わり、ということもわかものは考えているだろうから、力だけで制圧出来るようにはなっていないような気がしますスズメ」

確かに。それを言われるとライオネスは内心不安になる。事実、神々の塔にはそれだけのセキュリティが存在することは分かっている。

「雀族の、チュンリーといったな。お主、ただの雀族ではあるまい。施設の中でも上位の施設で育ったのだろうレオン」

ここまで聡明な考えが出来るのだ。A1、少なくともA2かA3に違いない。

「え、と？　私はM8で育ちましたスズメ」

「M8……まさか」

それは下位も下位の施設であった。論理的思考など何も教えはしない。ただただ、わかものの役に立つためだけの人生を教える、劣悪な施設であった。

「セ、セキュリティに関しては理解しているレオン。だけど、今は仲間を集めることが重要で……」

「でも、力の強い者ばかり集めているんですよね」

「う………」

「それよりもあにまるやわかものを言いくるめることが出来る、交渉手段に秀でたあにまるやおじさんをスカウトする方が大事な気がしますスズメ」

「う……それは。そ、それこそ、ハイエナのエナジーが適役だ!!」

「さっき自分で信頼出来ないって言ったばかりでスズメ」

「ぐぐ……」

　確かに。武力行使で攻めたところであにまるの潜在意識に刻まれたわかものへの恐怖により、何も出来ないかもしれない。それなら秘密裏に動いてシステムを塗り替える方に力を注がなくては、意味がない気がしてきた。ライオネスは完全に揺らいでいた。

「ショウ。どう思う？　吾輩はやはり考えが浅はかなのか？　結局力でなんとかしようと思っている、野蛮なあにまるなのだろうか？」

「落ち着けライオネス。リーダーがそんな簡単に揺らいでは下の者に示しがつかんぞ！」

　いつの間にかぶどう島サイドが可哀そうなほどに自信をなくしていた。それを目の前で見たブタサブロウは不憫に感じたのか、フォローを入れようとする。

「いや、だけどそういうのも憧れるというか、俺は別に……ああ、いや、今のは忘れてくれブタ」

　そこでブタサブロウが何かを言いたそうにするが、すぐに口を閉じた。

「ブタサブロウ、素直になっていいパンダ」

　ここで、パンダが初めて彼の名前を呼んだ。

　その衝撃に目を丸くするブタサブロウなのだが、お構いなしにパンダは続ける。

「別に今はお利口になるところじゃないパンダ。はじめ、我を追放しようと言ったお主はどこに行ったパンダ。もっと正直になっていいぞ。お主の長所は素直に自分の思っていることを口に出来ることとパンダ。それをお前はアキラから十分に学んでいるパンダ。それは言葉足らずだったり、言い方が間違っていたりして誤解を招くこともあるだろう。だけど、お前のその性格に、この島の全員が救われているパンダ。お前は確かにリーダーではないかもしれないパンダ、ただの住民かもしれないが、素直に笑い、素直に怒るお前の様子を鏡に見立て、リーダーは自身の功績や島づくり、国づくりの答え合わせをしているパンダ。よく食べてよく笑いよく学びよく遊ぶ民を持てたススムは本当に幸せものだパンダ」

まさかパンダからそんな言葉を聞けるとは思わなかった。教室の後ろでは秋良が号泣してうんうんと頷いている。

というか、パンダ自身も、もう自分が立派な先生であることを悟った。これが、進の描いたものかどうかはともかく、あにまるの上に立つ者としての、真の自覚が芽生えようとしていたのだ。

「ええと。確かに俺、ちょっとお利口になっていたブタ」

パンダの言葉に背中を押されて、ブタサブロウが口を開く。

「確かに暴力でわかものを支配するのはよくないと思う。でも、正直、正直に言って、わかもの達に反逆したら、スカッとはすると思うブタ」

ブタサブロウは着飾らずに自分の本音をさらけ出す。

「そういう活動？　っていうのにも憧れるし、俺達だけの世界っていうのも取り戻したいブタ」

ひょっとしたらブタサブロウはこちら側に引き込めるかもしれない。その言葉に自信を取り戻したライオネスも大きく頷く。

「そうだろう。そうに決まっているレオン。これだけ支配されて生きてきたのだからな。復讐の気持ちがあにまるの心には絶対に……」

「だけど」

だけど、とブタサブロウは続ける。

「だけど、だけど。それは多分楽しいんだろうけど、楽しんじゃダメなことなんじゃないかなブタ」

「………………な」

「自分がされたことを、誰かに返したら、その返されたヤツはまた、誰かにそのやられたことを返したくなる。それの繰り返しだったら、立場が逆になるだけで、その歴史が何度も繰り返されるばかりブタ」

「………………そ、それは」

豚族の子供の視線にたじろぐ獅子族。勿論、そんな話は聞いたことがなかった。

「……ブタサブロウ。よく言ったリス」

「そうです。物理的に勝ち目がないとかの問題じゃないでスズメ」

「もっと、何か方法があるんじゃないかなブタ」

「では、ではどうすればいいんだレオン！？？」

いつの間にか立場が逆転していた。ライオネスは思わず子供達に聞き返してしまう。暴力でもなく、反抗でもなく、一体どうすればあにまるは解放されるのか。

「それを考えるために、この島があると思うネコ」

それに素直に答えたのはネコミであった。

「この、島……。おじさん、島？」

「そうネコ。この島だと、いろんなことを学ぶことが出来るネコ。これからのあにまるワールドをどうすればいいのか。それを考えるためにススムは学校を作ってくれたネコ。いつものお手伝いでもいろんなことが学べるネコ。自然のキレイなところ、そして怖いところ。わかものだって自然と一緒かもしれないネコ」

「わかものも？」

「そうネコ。だって、おじきちだって、ほかのインキョだって、元々わかものだったネコ」

「ツッツッ！？？」

確かに。それは考えたこともなかった。ネコミの何気ない一言に、ライオネスは何故だか全身の毛が逆立つ。

「だってだって、数年前にわかものだった人が、今はネコミ達のためにおじさんを呼んでくれて、こんなに楽しい島生活を送らせてくれているネコ。ネコミは凄（すご）く凄く凄く凄く感謝しているネコ」

確かに、今自分達の味方をしてくれている隠居も、昔はそんなことを考えていなかったはずだ。いや、ライオネスはまだこの『はたらけ！　おじさんの森』すら、わかものが新しく考えた娯楽なのではないかと疑っているから、仕方ないにしても、それでも、信用に値するもの、なのかもしれない。

これは、おじさん達にだけ見えるが、おじきちが宙に浮いたまま、眼鏡の下でダラダラ涙を流していた。きっと彼にも何か事情があるのだろう。それを見て、秋良は更に号泣。見えない空を飛ぶ神のおじさんの涙を見て泣く金髪のおじさん。教室はもうカオスだった。

気が付けばライオネスは完全におじさん島の子供に、論破されていた。

「ススム達の世界の歴史も俺達は学んだブタ。ススム達の世界では何度もセンソウってのが起きているブタ。どこの世界でも、どこの場所だって、人だってわかものだってあにまるだって、なんだかんだで争いが好きなんだブタ」

そこで、コリスが小さな手を上げて、意見を述べる。

「……というか、正直に言って、今現状でも、この世界を掌握する力って、あにまるが握っているリス。パンダから教わったことで、とても重要なキーワードがあったリス。世界との『やくそく』でわかものは僕達に実害を与えることが出来ない、という点リス。これはとても重要リス」

　それを聞いて秋良が「はは。コリ坊すげえな」と感心した声を漏らす。

「勿論、それが拡大解釈されてやんわりとあにまるを支配して、労働力として働かせるという、結果になっているわけだリスけど、それでも、要は僕達がどれだけわかものの言うことを無視しても、絶滅させられるわけじゃないリス。というか、わかもの達は僕達がいないと何にも出来ないリス」

「それはそうだ。それはススムの社会の授業の『雇用者と被雇用者の利害関係』っていうのでも習ったブタな！　わかもの達は結局労働力をあにまるに頼っているから、食べ物の確保、建物の資材の確保、建築のノウハウ、労働力から何から、あにまるなしでは何にも出来ないブタ」

　スラスラと難しい言葉を並べる男子二匹に、秋良が目を丸くさせる。

「な、なんだかすごいこと習ってたんだな。俺も進さんの授業、とろうかな」

　授業だろうが誰かの受け売りだろうが、今コリスが言ったことは確実に核心をついていた。ライオネスは話の続きを聞きたくてコリスに続きを急かす。

「言っていることは分かったレオン。で、一体それで吾輩達あにまるは何をすればいいレオン？」

「ストライキリス」

「す、すとらいき？」

コリスの言葉に、ライオネスは頭を捻る。

「これは社会の授業で習ったんだリスけど、ススム達の世界で少し昔にやっていたことらしい、労働者の闘争手段リス。このあにまるワールド、わかものが支配しているのは確かだけど、誰が料理を作れるリス？　誰が建物を作れるリス？　わかものはとうの昔に責任者すらあにまるの大人に任せて、本人達はみせかけの地位にふんぞり返っているだけリス。流通を回しているのは、経済を回しているのは確実にあにまるなんだリス。わかものの生活に関して、あにまるがいないと何も始まらないし、いないと困るリス。更に『やくそく』でわかものはあにまるの生命を奪うことが出来ないリス。それなら、この世界のあにまるが一斉に何もしなくなったら、わかもの達はこんなに困ることはないリス」

「それは……確かに……そうだレオン」

あにまるが全員何もしなくなったら、一体この世界はどうなるのだろうか。それこそ「やくそく」によって、わかものはあにまるを罰しようとしても、大怪我や命に関わるような暴行を与えることは出来なくなっている。というか、もしそれが出来るとしても、あにまるがいなくなって困るのは、わかものではないか。

ただし、それにも問題点があると、コリスは話を続ける。

「前回の反乱の時にも足並みが揃わなかったわけだから、これにはまたかなり時間がかかるかもしれないリス。今の状況でわかものから優遇されているあにまるもきっといるはずだから。そういったあにまるの足元から切り崩していかないと、あにまる自体が一つになれないリス。そのためにも……」

「ちょ、ちょっと待てレオン！　メモを取るから。で、なんだそのストライキというのはレオン？」

ライオネスは黒板に背中を向け、コリスを真正面から見据えて、必死に耳を傾け始めた。

「なんかすっかりあべこべになってきたな。いや、もうそれならコリ坊が先生やって、ライオネスの大将は席に座れよ」

秋良が笑いながらツッコむが、ライオネスは真剣な表情でコリスが話す内容を書き留めていく。

その様子を眺めながら、翔が進の横で快活に笑って両手を上げて降参を宣言する。

「いやっはっはっは!!　弱肉強食の我が島で進君に負け、今度はおじさん島の郷に従ったが、それでもうちの負けのようだな」

「子供達を説得することも出来なかった。どころか、子供達に言い負かされてしまったレオン。完全に負けだレオン。ショウ……」

「なんだい、ライオネス」

「なんで、この島がナンバーワンなのか、今分かったレオン」

「ああ。俺もだよ。こんなのほほんとした、平和な島なのに、島にいるおじさん、そしてあにまる達の魂が、気位がまるで違う。ダントツの一番だ」


ぶどう島は今を見ていて、おじさん島は未来を見ている。それはどちらも間違っていないが、この島の子供達は未来のあにまるワールドを担う存在へと成長していっているのだ。それこそ、進達、おじさん島のおじさん達の教育の賜物(たまもの)でもあった。

「島に帰ってもう一度作戦を考え直すレオン。ああ、そういえばショウも、ストライキをしたことあるのかレオン？」

「俺は小さいパン屋だけど、経営者の方だからな。ストライキされる方さ!!」

「される方!? ショウは自分の世界だとわかものと同じ立場なのかレオン？　なんだか、複雑なんだな……」

まさかの答えに驚くライオネスを見て、翔はまた笑った。

「また、学びに来てよいかレオン？　まだまだ色々と考えた方が、この計画はうまくいきそうだレオン」

「勿論ネコ！　それにこっちだって色々教えてもらいたいネコ！　ライオネス先生は良いおじさんネコ‼」

「お、おじさん⁉　なんだそれは？　ショウ達と同じということか？」

ネコミに言われて気が付いた。確かに考えたこともなかったが、その通りなのだ。あにまる側にもおじさんがいるのだ、ということを。

なんだか、夜間学校に通うおじさんみたいだな、と秋良は思ったが流石にそれは口に出さなかった。

微笑みながら、進は話を進める。

「それならお互い気兼ねなく行き来出来るようにしたいですね。対等な同盟、ということにしますか？」

それを聞いて翔とライオネスが驚いた表情を見せる。

「いや、俺は願ってもないが、いいのかい？」

「吾輩達は完敗したのだぞレオン」

「勝った負けたの話じゃないですよ、同盟というのは。同盟した方が、お互い授業をしに来るのも、聞きに来るのにも利益があるじゃないですか」

「……いや、それはそうだが」

当然、小麦粉の流通を確保したい、というのもあるが、今では進は本心から同盟を提案している。それでもライオネスは納得出来ない。

「いや、だが、実際はそちらの従属島になってもいいのに、そんな、対等とは。それは吾輩の気持ちが許さないというか……。獅子族のプライドというものが……」

自身の信条が許さないライオネスが真剣な顔で呟くのを見て、秋良がその肩に手を置く。

「真面目なライオンだな！　良いじゃねえかよ別に。仲良くやろうぜ！」

「そうですぞライオネス殿」

「いや、だが。それだけではなく。島の方針が違うもの同士が組んでしまうと、後々亀裂が入りもするし……」

「ああ、主義や公約が違う政党同士が連立組んじゃうと後々面倒になるって感じか!!」

「なんと、ライオネス殿はしっかりとしておりますぞ！」

山太郎と木林はその態度に心底感心している。更にダメ押しをするのはあにまるの頂点に立つパンダという種族であった。

「つべこべ言うなパンダ。ちゃっちゃと同盟してしまえばいいパンダ」

「パ、パンダ様。で、ですがそう簡単にはこちらの気持ちが許さないといいますかレオン……」

周りから散々煽られたライオネスは、とうとう猫のように小さくなって項垂れてしまった。

「……どうしたもんですかねえ。一度島に持ち帰ってもらって、また日取りを決めて話し合いますか」

柔らかい笑顔でライオネスに救い舟を出す進。だが、それもまたパンダが一蹴して、ある命令を下す。

「そんなまだろっこしいことしなくていいパンダ。それなら、どうしても同盟したくなるようにしてやればいいんだパンダ」

「と、いいますと？」

「分かっているだろうが。我を住民にしたように──こいつらを懐柔せよパンダ」

それを聞いた途端、進や秋良、他のおじさん達も弾かれたように笑った。

「はっはっは!!」

「そうだな。接待はおじさんの専売特許だったわい。ワシもよく取引先の社長の飲みの場をセッティングしたか」

「それこそ、私もですよ！」

弾かれたように元気になるおじさん達を見てライオネスは脅えた表情を見せる。

「なんだ、そのセッタイというのは！　ストライキの仲間かレオン？」

「ストライキの正反対にあるようなヤツだよ!!」

おじさん島の、本気の接待が、今始まる。

45　接待をしよう!!

（前回までのあらすじ）

　進との決闘で負け、子供達との討論でも負けたライオネスが、それでもまだ同盟に関してウダウダ言うので、本気の接待をすることにした。


「じゃあまずはどこからにしましょうかね」

「滝がいいんじゃないでござるか？」

「え⁉　滝があるの⁉　どこどこどこ！？？？」

　滝という言葉を聞いて、ライオネスより先に翔が完全に喰いつく。それもそのはずである。己を鍛えることが大好きな翔が滝に反応しないわけがない。

「滝があるなんて最高の島だな!!　これは完全に島ガチャになるのか！　ずるい!!　いや、羨ましいぞおじさん島!!　これは絶対に同盟しないと駄目だぞライオネス！！！」

「ど、どうしたショウ。『タキ』という言葉を聞いただけでとんでもない取り乱しようだぞレオン」

接待を始める前に「滝」という単語だけでぶどう島のおじさん一人が完全に陥落してしまった。滝がおじさんに与える影響を、子供達が戦々恐々としながら見つめていた。

「やっぱりタキは凄いネコ……あにまるよりも、おじさんにこうかてきめんだネコ」

「なんでおじさんはタキにこうも魅了されるリス」

「不思議でスズメ……」

「なんだタキって！？？　ショウがこんなにテンション上がるものなのかレオン」

翔や他の子供達の反応を見て、ライオネスもその「タキ」なるものがなんなのか、興味を募らせる。

「まああ、とりあえず行ってみましょう。今日は朝に来てよかったですね！　時間切れで強制送還もなさそうで、安心です！」

それから3時間ほど険しい道のりを歩いてから、辿り着いた滝を目の前にして、ライオネスは言葉を失った。

「……これは、凄いレオン。なんというか、自然界のスピリチュアルというか、神秘的な力、それをひしひしと感じるレオン。確かにこのタキを見つめているだけで、精神が鍛えられる気がするレオン。いつまでも、いつまでも、ずっと見ていられるレオン……」

真剣に、本気で感動して呟くライオネスに秋良が噴き出してツッコむ。

「何言ってんだよライオネスの大将。間抜けなこと言ってちゃ駄目だぜ。滝っていうのはただ見物するものじゃねえんだぜ！」

「なに？　見るものではない？　だったらどうするんだレオン？」

「決まってんだろう！　打たれるんだよ」

「打たれる⁉　タキに打たれる！⁉　どういう意味だレオン⁉　アキラ、頭おかしいのか？」

ちょっと何を言っているのか分からなかった。打たれるとはどういう意味か。ひょっとして、この轟音轟く水の束に、その身を委ねるという意味なのか。何故そんなことをしなくてはならないのか。ここにいるだけでその凄まじい水圧に圧倒されているのだ。そこに身体をさらしたら、痛いに決まっている。

――待てよ？　ひょっとして今のはアキラの、冗談レオン？

そう、ライオネスは判断した。これはきっと、担がれているのだ。なるほど、これは自分の悪い癖が出てしまったようだ。意固地になり、肩ひじばかり張ってしまい、同盟に関してもうだうだと悩んでしまう。だから秋良はこのようなユーモアで、そんなライオネスを揉みほぐそうとしてくれているのだ。おじさんにはそういった技も必要というものなのだな。そう思うと、ライオネスはいつの間にか、自然と笑っていた。本当に滝に打たれると信じきってしまった自分が馬鹿らしくもいとおしい。その姿勢を反省して、次へと進まなければならない。その戒めも含め、この美しくも怒涛に流れる滝を見て、心に刻もうと、ライオネスは誓った。

　ふと隣を見ると、一瞬の躊躇いも憂いも迷いもなく服を脱ぎ捨て、差し出された赤ふんどしを装着する翔の姿があった。ライオネスは驚愕を覚えて叫び声をあげる。

「ショ、ショウ！！！？？？？？　ど、どうしたレオン！！！？？？　ショウ！！！？？？？？」

「ん？　どうしたはこっちの台詞だぞライオネス。お前も早く服を脱いで、とはいっても下だけだが、ふんどしを装着するんだよ。折角の滝、別に逃げはしないが、そんなにちんたらしていると、俺が先に行ってしまうぞ！！！」

「行くって、どういうことだ⁉　タキに行って、どうするというのだレオン⁉」

「決まっているだろう。打たれるんだ！」

「打たれる！！？？？　え？　やっぱり本当に打たれるって、打たれるってことなの⁉　タキに、打たれる！！？？？　何のために！！？？？　あ‼　待ってショウ！！！」

　ひゃっほう！　と今まで見たことのないほどのハイテンションの浮かれ具合で他には目もくれずに滝へと駆けだしていく相棒の姿にライオネスは戸惑いを隠せない。

　もう、まったく意味が分からない。そもそも頭の良い隣人ではないとは理解していたが、これは流石に理解の範疇を大幅に超えている。滝に打たれて、一体何になるのか。だが、翔を見ているおじさん島のおじさん達もうんうんと頷き、満面の笑みではないか。ひょっとして、自分だけがおかしいのか。

「どりゃあああああああああああああああ！！　最高！！！！」

怒号鳴り響く滝に打たれてなお歓喜の雄たけびをあげる翔を恐ろしげに眺める。

今、自分がなすべきことは何か。そこでライオネスの頭にある言葉が浮かんだ。

——郷に入っては、郷に従う。

そう、それこそ進がぶどう島に来て、その身をもって示してくれた、信念ではないか。

今度は、ライオネスが、その精神に応える時なのだ。

「ううおおおおおおおおおおおおおおおおお！！！！」

ライオネスは叫んだ。道着を脱ぐと次の瞬間には秋良と木林がササッと赤いふんどしを着用させてくれる。そして、駆ける。同志の翔がいる滝へ。一体この行為に何の意味があるかは分からない。だが、郷に入っては郷に従う。進の言っていた言葉をまさにその身をもって体感しようとしていた。

「う、うお。うおおおおお」

滝に入ると、とてつもない衝撃が頭から肩を伝い、更には全身を駆け巡る。凄く重い。本当に、これに一体何の意味が？　戸惑いがライオネスの全身を占める。ゴオオオオオオオオオオという轟音と共に走る衝撃。

これが、一体何だというのだろうか、うるさくて重くて、仕方ない。思うように動けず、目もまともに開けていられない。不自由だ。なんでわざわざ自らこんな危険で不自由な状態へと自分を追い込んでいるのだろうか。

——だが、それこそがこの世界。あにまるワールド。吾輩達が住む世界と、何が違うというんだレオン。

そう、しばらく滝に打たれ続けていくと、不思議なことが起きた。

そう、重さも、うるささも、消え去って、世界が静寂となる瞬間が訪れる。

そうなるとライオネスは世界も、自身すらも失う。世の喧噪も、悩みも、争いも、全てが静寂に包まれていくこの感覚は一体何なのだろうか。これが、タキがもたらす効果なのか。

——……このあにまるワールドに生まれて、こんな気持ちになったのは、生まれて初めてレオン。まるで世界と会話をしているような、世界と一つになったような、気持ち。あにまるワールドの意志に、直に触れているような不思議で貴重な体験。これが……タキ。

　それからライオネスは2時間ぶっ続けで、休むことなくただただ、滝に打たれ続けた。

そして、滝から出てきたその瞳はどこか達観したような、清々しい輝きを纏っていた。

　開口一番、ライオネスはこう言った。

「……タキは凄いレオン。おじさん島と同盟を結ぶレオン」

「早い!!　もう決めちゃったでござる」

「このライオンちょろいぜ!!」

滝一つで懐柔に成功してしまったが、おじさん島のおじさん達がこんな接待で満足するはずがない。

「だけど、まだまだですよ」

「ああ、滝に打たれた後は、温泉じゃ！」

「オンセン……パンダ様が懐柔されてしまったという、恐ろしい拷問、オンセン……」

ここで真打、オンセンの登場である。オンセンとは一体何なのか、滝に続く更なる己を磨く訓練なのだろうか。不安を抱きながらもその数倍の期待に胸を膨らませてライオネスは進達の背中を追ってその場所へと向かう。隣の翔を見てみると、もうすでにスキップ気味である。滝とはまた違ったウキウキの仕方がその所作に垣間見られた。

「うおお。冷たい水の後は、温かいお湯かレオン……。試練にも緩急をつけるという意味かレオン……」

温泉に入ったライオネスはその温かさにぐるると唸り声をあげた。先ほどの滝とはまた違った意味で、己を忘れさせてくれるではないか。

そう、これはとにかく気持ちが良いのだ。

――なんだレオン、この快感は。広い、温かいお湯に浸かるというだけの行為が、何故こうも心地よいのだ。こんな怠惰な行為を行っても、よいものか……。

「へへへ！　これが裸の付き合いってヤツだな」

見ると、おじさん島のおじさんや、あにまるも温泉に入っていた。子供達は温泉ではしゃぎ、泳ぎ、競争をしている。そんな中、翔は縁石の上に両手をのせて、晴れ渡る空、流れる雲を、なんとも心地よさそうに見つめていた。

「でも、こういう施設ならわかもの殿達にもありそうなものでござるがな」

「いや、わかものは基本的に身体を洗うのはシャワーだからレオン」

35歳で終わってしまう人生を考えると、身体を洗うことに時間をかける暇などないのだ、彼らは。

「そう考えるとわかものも不憫な生き物じゃのう。のんびりと生きることが許されない。彼らはワシらみたいな無人島スローライフなんてしていたら発狂してしまうんじゃろう。隠居がそんなに嫌なのかね」

確かに、山太郎達の世界では隠居という言葉はそんなにマイナスにとられることもない。社会人として世のため人のために尽くして働いた後に、趣味などをしてのんびりと送る余生のことを「隠居する」と呼ぶくらいである。

「まあ、ワシ達はそれが60～65歳じゃからのう。わかものは35歳で強制的に社会から切り離されるってなると、流石に意味が違うのは分かるが……」

「期限切れになるってことでござるかね。でも、そのお陰で神通力なんかを手にしたり、結構好き放題だから、楽しんだもん勝ちとも思うでござるけどね」

「ふむ。そんな風に考えたことはないと思うレオン。わかもの達は年を取ることに強迫観念を覚えているようだったレオン。生き急ぐためにあにまるを使役して、良い車に乗ったり良いものを持つ。わかものでいる間に価値あるものをどれだけ増やせるか。それだけが彼らの生きがいなんだレオン」

「へえ、なんだか悲しいヤツらだな」

「……うむ」

秋良の言葉に、ライオネスは自然と頷いていた。そう考えると、あのわかものすら哀れな生き物に思えてくるのだから不思議である。

だって、彼らはこんなにのんびりとお湯に浸かることすら許されないのだから。

滝によって世界と一つとなり、温泉に浸かって敵であるはずのわかものに思いを馳せるライオネス。こんな経験は、生まれて初めてであった。

1時間ほど浸かった後、温泉を出るとライオネスはもうフラフラだった。元々ネコ科だからなのか、お湯にのぼせやすいのかもしれない。ライオンが温泉に入るなどとは聞いたことがないから、比較対象も出来ないのだが。

「の、喉が渇いたレオン。み、水が欲しいレオン」

そう要求するライオネスに秋良が待ってましたとばかりに、ニコニコしながら銀色に光り輝く缶を手渡す。

「まあまあ大将、じゃあまずは一杯」

「な、なんだこれはレオン」

「湯上がりにこれ、飲んでみな。飛ぶぜ」

「………」

飛んでしまうのはなんとも怖い話だが、ここまで来たら全てを受け入れるしかない。

しかもその缶は、キンキンに冷えてやがったのだ。火照った身体に冷たい飲み物が流れ込むイメージが、ライオネスの脳裏に焼きつき喉を鳴らす。

「は、早く飲みたいレオン。だけど、これ、どうやって開けるレオン？」

開け方が分からず困っていたら、翔が代わりにやってくれた。器用に爪で蓋を開き、プシュッという音が鳴る。

「ショウは、これは飲まないのか？」

「ああ、俺は得意じゃないんだ。まあ、これはおじさんといっても好き好きがあるからな。強くても苦手、だとか、弱くても好きだとか、まあ、色々とあるんだ」

「弱くても好き？　そうなのか、複雑だなレオン」

缶の中を覗き込むと、シュウウと音のする黄金色の液体が中に入っていた。

──一体何なんだろうこれは。

不思議に感じたが、それでも喉の渇きが勝ったライオネスは缶に口をつけ、液体を喉に流し込む。

──次の瞬間、口の中が爆発した。

「！！！！？？？？　…………ッッッ！！！？？？？」

うおおおおおおおおお！　なんだレオンこれは！　お！　お！　お！

飛ぶ、どころの話ではない。喉の奥が、弾けたのだ。

「これは、何だ、武器か？　攻撃か？　おのれアキラ！　吾輩に何の攻撃を仕掛けた！！　突然の奇襲とは卑怯なり。獅子族は受けて立つぞレオン!!」

その反応を見て、秋良は大喜びで笑い転げる。

「んなわけねえだろうが!!　これがビールよ！！！　石ノ森の兄貴が心酔するパンと同じ、小麦で作られているんだぜ」

ライオネスには秋良が何を言っているのか分からない。こんな飲み物はあにまるワールドに存在しない。

「まあまあ、もう一度飲んでみなって」

「嫌だ！　あんな口の中が爆発するようなもの、二度と飲みたくないレオン」

口ではそういうのだが、ライオネスの視線は、手の中に残っている缶に釘付けとなっていた。そう、あれだけ恐ろしかったのに、だけど、銀色の缶から目が離せなくなっている自分がいるではないか。

「…………」

恐る恐る、もう一度あの液体を口に含む。

「ツッッ！！！？？？？」

まただ。再び口の中で爆発が起きる。

——このままではいかんレオン。ダメージが蓄積されて、死んでしまう。

だが。だが。

だが、喉を通り抜けるその爽快感。そう、爽快感を覚えたのだ。これはひょっとしたら、癖になってしまうかもしれない。

「——ツッッ」

再び口をつけて、中の液体、いや、ビール、と呼ばれるその黄金色の液体を飲む。ゴクゴクと、気が付くと、全て飲み干してしまっていた。

「おお!! 良い飲みっぷりじゃねえか、ライオネスの大将。ほら、おかわりだ」

更に、蓋を開けたビールを秋良はライオネスに手渡す。

「…………——ツッッッ！！！！！」

再び缶を傾けると、喉に侵入してくるシュワシュワした、冷たい液体。弾けるような喉ごしに、冷たく、爽快な波が走り抜ける！！！！

「……………うまい」

「だろう⁉　俺があにまるワールドに持ってきたんだぜ」

「最初は自分だけ回答をふざけてしまったと思って、救命道具だなんて嘘をついたくせにでござる」

「うるさいよ」

嬉しそうに語る秋良を更に嬉しそうに茶化す木林。そんな二人を見ながら、ビールをゴクリと、飲む。喉を通る爽快感、そして胸から上が一気に熱くなる。頭がフラフラして、二人の姿がゆらゆらと、揺らいで見える。この現象は一体何なのだろうか。

「あはは。このライオネスの大将、酔っぱらってるぞ。顔が真っ赤だ」

「レッドライオンとは、また2Pカラーみたいでお洒落ですぞ！」

「さあ、ビールを飲まない翔さんにも喜んでいただけるように、目玉を出すとしますかね」

進がニコニコしながら、皿にホカホカと湯気を立ててある料理を持ってきた。

少し離れた場所に焚火と、鍋が見える。滝から温泉と、大分移動をしたが、わざわざ調理器具に食器も持ってきてくれていたようだ。接待にかける情熱を感じられて、翔は心の底から感謝した。

皿に盛られた、黄金色した料理を差し出しながら、進は言う。

「既に私達は同盟を結んでいるようなものなんですよ。その証拠が、このからあげです」

それはもう見ただけで分かった。これは、絶対に美味い。ジュウジュウと音を立てるそれを手で掴むと、ライオネスは口に入れる。

「――――ッッッッッッッッ！！？？？？」

熱い。マグマのような熱さだ。これも何かの兵器なのか。身は固い。身の周りをサクッと尖ったキバで噛むと、その中には柔らかい、ジューシーな汁が口の中に広がる。それもまた熱い。火傷しそうなほどに熱い。だけど吐き出す気にはならない。美味いのだ。美味くてたまらない。

――うまい。うますぎる。

「これが……カラアゲ」

呻くように、その不思議な料理の名を呼ぶ。マンヌカンの実は知っている。しかし、この味付け、調理法は知らなかった。マンヌカンの実の周りを、何かサクッとした皮で覆って焼いたのだろうか。考えてみるが分からない。しかも、これは増える実だ。食料として増産も可能ではないか。無敵の料理といえよう。

そして、ライオネスはあることを思いついてしまう。そう、この口の中に残る衣の、油の重さを、ビールで洗い流したら――どうなってしまうだろうか。

「あ、あ……」

「お、気が付いたかいライオネスの大将。そうだよ。この、最高に熱くて味がしみ込んだからあげと、さっき飲んだ最高に冷たいビール……合わないわけがないよな」

「…………アワナイワケガナイ」

熱に浮かされるように、呆然とその言葉を反芻するライオネス。

からあげを一口食べた後に、ビールを口にする。

その瞬間、獅子が雄たけびをあげた。

「ツッツッツ！！　ガ、ガオオオオオオオオオオオ！！！」

島を震わすほどの、大咆哮である。周りにいるおじさん、あにまる達もその迫力に身を強張らせてしまう。

「嘘だろう。獅子族の咆哮パンダ……」

獅子族の咆哮は、本当に気持ちが昂った最上級の時にしか出ないものである。

「獅子の咆哮、一生の雄たけび」という言葉があり、それは人生に一度しか咆哮をあげない獅子がいるほど、価値のある、めったにないこと、という意味であった。その咆哮を、ここであげてしまった。だが、ライオネスに後悔はなかった。

素直にビールとからあげ、そしておじさん島に屈服していたのだ。

「なんだ、この神々しい飲み物と、身体を震わすほどに熱く、美味い料理は。ビールとカラアゲ。しかもその二つが合わさると、更に吾輩を高みへと連れて行ってくれる。飛ぶ、というのはアキラの冗談ではなかったのだな。吾輩は今、確実にこの空を舞ったレオン。そしてこのカラアゲとビールの二つのコンボは、永遠に止められないではないか」

食べては飲み、飲んでは食べるを繰り返す。ライオネスは夢中でからあげに食らいつき、むさぼり、ビールを飲み干していた。

その様子をおじさん達は本当に、心底気持ちよさそうに眺めている。

「やった。俺TUEEEが出来ましたでござる」

「ようやく、だな。やったな木林さん」

念願叶い、最高のハイタッチを交わす秋良と木林であった。

「さて、ここまですれば決心してくれますね、ライオネスさん」

そう、接待は完璧だった。ライオネスは既に何度でもこのおじさん島を訪れたいと思ってしまっていた。タキに打たれ、オンセンに浸かり、カラアゲを食べ、ビールを飲みたかった。

「……だが、これでいいのか。食べたいものや、やりたいこと。こんな欲にまみれた気持ちで、同盟を結んでしまっても」

「それはこちらも同じですよ。ぶどう島の小麦粉がないとこのからあげは作ることが出来ないのです。より高みへと、より良い生活をこの島で送りたい。そのために美味しいもの

SUPER

や冷たいビール、滝に温泉なんかも頑張って作ったんです。だから、同じです。もっと他にもぶどう島さんとコラボして、島生活を盛り上げていきましょう!! あ、島はもっと片付けた方がいいとは思いますけどね!」

進の言葉に、つきものが落ちたように微笑んでからライオネスは、こう告げる。

「吾輩達と……同盟を、結んでほしいレオン」

「……はい。喜んで」

「よっしゃあ!」

「やりましたぞ」

「やったのう」

秋良をはじめ、他のおじさん達、あにまる達も歓声をあげる。

おじさん達の本気の接待により、ぶどう島との同盟が決定したのであった。

「というかあれですぞ。ライオネス殿達は、ネコミ殿が仰ったように、あにまるのおじさんってことでござるな」

「ああ、そうだな! ライオネスの大将って何歳なんだ?」

「38歳だレオン」

「まさかの俺と同い年!!!!!!!」

秋良はひっくり返りそうなほど驚いた。
翔とライオネスはそれを見て、大きな口を開けて笑ったのだった。

〈『はたらけ！　おじさんの森４』へつづく〉

ヒーロー文庫

はたらけ！　おじさんの森(もり) 3

朱雀(すじゃく) 伸吾(しんご)

2022年10月10日　第1刷発行

発行者　前田起也

発行所　株式会社　主婦の友インフォス
〒101-0052 東京都千代田区神田小川町 3-3
電話／03-6273-7850（編集）

発売元　株式会社　主婦の友社
〒141-0021
東京都品川区上大崎 3-1-1 目黒セントラルスクエア
電話／03-5280-7551（販売）

印刷所　大日本印刷株式会社

ISBN 978-4-07-453227-8